「——ル、イ……ッ……あ、うぁ……あ——っ!」
怒号と魂の叫びを浴びながら、紲はルイの牙に貫かれる。

illustration by TOMO KUNISAWA

乱《みだ》れ咲《さ》く薔薇《ばら》の宿命《しゅくめい》

犬飼のの
NONO INUKAI

イラスト
國沢 智
TOMO KUNISAWA

Lovers Label

CONTENTS

プロローグ

――駄目だ……とても表現できない……格が違い過ぎる……。

調香室《ちょうこうしつ》に籠《こ》もっていた香具山紲《かぐやませつ》は、小さな硝子《ガラス》ケースを開けるなり溜め息をつく。

ケースの中には指に見立てた円錐状《えんすいじょう》のスティックが立っていて、そこに黄金の指輪が嵌《はま》っていた。

王冠《おうかん》を戴《いただ》く大雀蜂《オオスズメバチ》と十字架《じゅうじか》、そして貴族悪魔《きぞくあくま》の血液を魔力で固めて作ったルビー……吸血鬼《きゅうけつき》ルイ・エミリアン・ド・スーラから贈られた物だ。

本来は貴族の番《つがい》であることを証明《しょうめい》するための指輪だが、現在、紲は別の貴族悪魔の番であるため、これは愛の誓《ちか》いとして存在していた。見つめるだけで幸せに浸《ひた》れそうな物なのに、今の紲には苦しみの種になっている。

――冷気に乗って広がる……冷温の薔薇《ばら》。地上には存在しないはずの……ルイの香り……。

紲は人間の姿で石の香りを嗅《か》いでいたが、それでは足りずに淫魔《いんま》に変容する。

隔世遺伝《かくせいいでん》の使役悪魔《しえきあくま》である紲は、気持ちを集中させることで人間にも淫魔にもなれた。

瞳の色が亜麻色《あまいろ》から赤に変わり、蜥蜴《とかげ》の尻尾《しっぽ》のような黒い尾が生えてくる。人間の時よりも五感が鋭《するど》くなっていった。調香師として鍛《きた》え上げた嗅覚《きゅうかく》は覿面《てきめん》で、石に含まれたルイの匂いを五臓六腑《ごぞうろっぷ》に送り届けることができる。

急速に香りのイメージが膨《ふく》らんでいった。

動脈《どうみゃく》から噴《ふ》きだす鮮血《せんけつ》の如《ごと》く赤い……血塗られた薔薇の花園。黎明《れいめい》の靄《もや》の中に月が浮かび、月光に輝く朝露《あさつゆ》が天鵞絨《ビロード》の花弁《かべん》の上を淫靡《いんび》に撫《な》でる。

そしてルイを構成する美しいものが、圧倒的な勢いで脳裏に迫ってきた。

漆黒《しっこく》の髪と紫の瞳……冷たい雪肌を持つ美しい男の姿を想い描《えが》きながら、紲は硝子ケースを閉じる。

目の前には、オルガンともパレットとも呼ばれる調香専用の机があった。

その名の通りオルガン状の段々に並べられた香料の中心に、新作の香水が鎮座《ちんざ》している。

ビーカーの蓋《ふた》を外して中身をトゥッシュに染み込ませ、それを宙で振ると、たちまち香りが舞い上がった。

鼻腔《びこう》を擽《くすぐ》るのは、香水の聖地グラースから輸入した朝積《あさづ》みのオールドローズの香りだ。

上品なローズ・ドゥ・メに、霊猫香《シベット》や梅の香りもわずかに混ぜてある。それらが希少《きしょう》なトンキンムスクの力を借りて、遠くまで伸びやかに広がっていった。

フランスの大手香水会社『le lien《ル・リアン》』の専属調香師として香水を作ってきた紲にとって、このオリジナル香水に商品価値があることはわかる。売れる確信を持てるくらいの傑作《けっさく》だった。

しかしどんなにいい出来だと思っても、こうしてルイの匂いと比べると、凡庸《ぼんよう》でつまらないものに思えてしまう。物理的な法則を無視した、吸血鬼の冷たい肌から匂い立つ冷温の薔薇のイメージを再現するのは、容易《ようい》なことではなかった。

地上の香料では足りない、到底表現不可能な香り――今度こそ近づけたと思っても、鋭敏《えいびん》な紲の鼻は自分の香水をルイの香りだと認めることができない。

「……っ、う……！」

焦燥《しょうそう》によるストレスなのか、連日連夜の調香で無理が祟《たた》ったのか、紲は左目に疼痛《とうつう》を覚える。特に左目を酷使《こくし》しているわけでもないのに、何故《なぜ》かここ最近左目ばかりに痛みを感じた。

オルガンデスクの抽斗《ひきだし》を開けて手鏡《てかがみ》を取りだしてみると、特に変わったところのない真紅《しんく》の瞳が映しだされる。人間としては驚《おどろ》くほど異色だが、使役悪魔としては普通の色だ。

――難しいのはわかってた……急いで作れるような香りではないことくらい……。

紲は手鏡の中にある情けない顔から目を逸《そ》らし、ビーカーの中に入っている、エクストレと呼ばれる高濃度の香水を見下ろす。

ルイがこの屋敷を去ってイタリアに帰国してから三週間――紲は『le lien』から依頼されていたグリーン・ノート系の香水『黎明の森』を仕上げて納品し、それから先は連日連夜、ルイと同じ香りの香水を作ることに専念していた。

紲にはどうしても、地上の香料でルイの香りを再現しなければならない事情があるのだ。

吸血鬼の体臭《たいしゅう》は薔薇の香りと言われているが、人間同様に個体差があり、紺はルイの香りに恋をした。一目惚《ひとめぼ》れではなく一嗅ぎ惚れと言ったほうが相応《ふさわ》しいくらい、ルイの香りが好きで、愛情を認めた今では、この香りなしには生きられないほど必要としている。

類稀《たぐいまれ》な芳香だからというわけではなく、動物に近い反応をする悪魔にとって、体臭は愛情を伝える重要なツールだからだ。

悪魔は口ではなんと言っていても、好みの相手が近づくと体臭を強めてしまう生き物だった。

ルイは紺に近づく度に、無意識に紺の気を引こうとして薔薇の香りを高める。そして紺も、ルイを想うと自身の香りを高め、彼を誘惑《ゆうわく》しようとしてしまう。本能はあまりにも正直で……嘘《うそ》をつく唇《くちびる》の代わりに、香りで本音を語り合っていた。

「……あ……っ、う……」

続き間の創作室に移動しようとして、踵《きびす》を返した瞬間だった。視界が闇《やみ》に染まる。

調香室にも創作室にも照明が点いているのに、何故か真っ暗だった。頭の奥に霞《かすみ》がかかって前後がわからなくなり、オルガンデスクの上のビーカーが倒れる音がする。

同時に硝子が割れる音や液体が飛び散る音がしたが、嗅覚に頼って生きている紺の意識は、むせ返る香水の匂いにばかり囚《とら》われた。

ああ、やはり違う……そう思った時にはもう、床の上に倒れていた。

膝《ひざ》や肘《ひじ》を打ってしまい、打撲《だぼく》の痛みと薔薇の香りが結びつく。

ルイが情交の際に与えてくる吸血の痛みは、こんな無味乾燥《むみかんそう》な痛みではなかった。溺《おぼ》れるほど官能的《かんのうてき》で、体の芯《しん》が蕩《とろ》けるような痛み――意識を混濁《こんだく》させる毒《どく》に浮かされながら、淫魔の本性を引きずりだされる悦《よろこ》びがある。何もかもが、悲しいくらい違っていた。

『――紲っ、紲⁉』

起き上がることすらできない紲は、頭の中に響《ひび》く声に瞬《まばた》きする。

調香室の床に置かれたアームチェアの脚や、天然木の床、本棚《ほんだな》の下段がぼんやりと見えた。

そうして床の上に倒れていることは自覚したものの、やはりどうしても起き上がれない。

『紲っ、おい！　大丈夫か⁉』

ラボの入口から豹《ひょう》が入ってくる。耳を通さず、脳に直接声が届いた。

慌《あわ》てて駆け寄ってきた二メートル足らずの豹は、貴族悪魔特有の紫色の瞳を持っている。

――蒼真《そうま》……。

アジア系豹族の長《おさ》――李蒼真《リーツァンヂェン》の姿を目にすると、たちまち意識が遠くなった。

巨大な豹が変容して人間になり、背中と膝裏に手を回してくる。

軽々と抱き上げられた紲は、疲弊《ひへい》した体を蒼真に預けた。

1

昼か夜かもわからない夢の中で、紺はルイと同じベッドに居た。周囲のすべてが朧《おぼろ》げだが、夢だということだけはわかっている。本物のルイは今、イタリアに居るのだから――。

誇《ほこ》り高い貴族悪魔である彼が、今にも泣きだしそうな顔をしていた。

本来はそんな顔をする男ではないので、いつの時の表情かよくわかる。

思いだすと胸が痛み、紺は呼吸も儘《まま》ならないほどの罪悪感《ざいあくかん》に襲《おそ》われた。

感情が制御《せいぎょ》できないくらい愛してくれたのに、そして心から愛していたのに、逃げてばかりいて受け入れられなかった自分が悪い。この期《ご》に及《およ》んでさらに我儘《わがまま》を重ねているのも自覚している。けれど、どうしても譲《ゆず》れない想いがあった。

事の始まりは今月の一日、紺の百歳の誕生日――。

使役悪魔の平均寿命は百二十歳から百三十歳程度と言われており、半数以上が突然死する。紺は後天的に悪魔として覚醒《かくせい》した希少な亜種《あしゅ》で、使役悪魔にしては魔力が強いため未知数な面が多かった。平均よりも寿命が短い可能性も、長い可能性も秘めている。

紺を早死にさせたくなかったルイと蒼真は、紺が百歳の誕生日を迎えたのを機に動きだし、十倍の寿命《じゅみょう》を持つ自分達と同じくらい生きられるよう策《さく》を講《こう》じた。

貴族の吸血鬼は血液を安定補給するため、一人の人間にだけ自分と同じ寿命を与える能力を持っており、紲は彼らから、「悪魔としては死んで、人間としてヴァンピールになれ」と半ば強要されたのだ。そうすればルイの眷属《けんぞく》の一人となり、名目上は餌《えさ》として生き長らえる。

散々悩んで逃げだしたりもした紲だったが、今はその手段を受け入れていた。ルイを愛していることを認め、親友の蒼真と別れてルイの番になると決めたのだ。

しかしその前に一つ、紲には看過《かんか》できない問題があった。

吸血鬼の餌であるヴァンピールは、不老不死であることと造血能力が高いこと以外は普通の人間と同じであり、ヴァンピールになった時点で、紲の悪魔としての特性は失われてしまう。それは五感の能力に関しても言えることだった。

悪魔の体臭は悪魔の嗅覚でなければ嗅ぎ取ることができないため、ヴァンピールになったらルイの香りを感じられなくなる。

紲はルイの顔を見るよりも先に彼の香りに惹《ひ》かれ、向けられる愛情を嗅ぎ取ってきた。それを失う悲しみと不安は凄《すさ》まじく、調香師として生きてきた紲にはどうしても耐《た》えられなかった。

ルイが自分と一緒に居る時、高まるはずの香りがまるで感じられない状況を想像するだけで、足元が抜けるような喪失感《そうしつかん》に襲《おそ》われてしまう。

そのため紲はルイを説得してヴァンピールになる儀式《ぎしき》を延期してもらい、香水制作のために一旦《いったん》離れ離れになった。次に会えるのは三月の予定だったが、紲は一日も早く彼の放つ香りに近い香水を完成させ、ルイの下に行きたいと思っている。

愛ある限り、その香水を毎日着けると……彼は約束してくれた。

だから作らなければならない。一刻《いっこく》も早く。人間の嗅覚でも変わらぬ愛を感じ取れるように、この地上に存在する香料のみで香水を——ルイの香りだと思える、最高のエクストレを——。

「……っ、う……」

夢から現実へと引き戻される感覚の中で、紲は鼻を掠《かす》める匂《にお》いを嗅《か》ぎ込む。

ルイのものとは違い、茉莉花《ジャスミン》に近い香りがした。これは蒼真のものだ。

茉莉花に近いというだけで、彼の香りもまた、本来は地上にあるべきものではない。

蒼真の体臭に精液の匂いが混じり合っていて、それを嗅ぐとたちまち生命力が湧《わ》いてきた。

淫魔という性質上、紲は何よりも性分泌液《せいぶんぴつえき》を必要としている。番の蒼真とは割り切った飲精行為を長年続けており、人間に変容した彼の精液の匂いを嗅ぐだけで全身が反応した。

「紲、大丈夫か?」

蒼真の声が聞こえてきて、紲は重たい瞼《まぶた》を上げる。

淫魔に変容したままだったので、羽毛《うもう》の上掛けの中から尾が勝手に伸びた。

真っ先に見えたのは蒼真の手……長い指には、彼の精液がたっぷりと付着していた。

倒れた自分を介抱《かいほう》するため、自慰《じい》によって吐精《とせい》してくれたのだろう。

部屋は薄暗かったが、豹の被毛と同じ黄金の髪を持つ青年の姿と、豹柄のバスローブ、その向こうにある天然木の天井や珪藻土《けいそうど》の壁が見えてきた。ここはラボとは少し離れた紲の寝室だ。壁二面が硝子張りになっている六畳の洋室に、月明かりが射し込んでいる。

「――んっ、う……っ」

紲は礼を言うよりも先に、唇に寄せられた指を舐《な》めた。

マットコーティングされた黒いビニールのような尾を、蒼真の手首に巻きつける。ほとんど無意識で、精液のついた手がどこにも逃げないよう拘束《こうそく》していた。

悪魔化した紲が人間時の蒼真の精液を飲み干すと、それはすぐに力になる。

「――っ、ふ……ん……っ」

「急に凄い音がするから何かと思えば、過労で倒れたのか？」

紲は蒼真の指を吸いながら、首をわずかに横に振った。けれどそうしてからすぐに、「じゃあなんで？」と訊《き》かれたらどう答えればいいかわからなくなって、縦にも振る。実際のところ過労なのだと思う。焦りやストレスが重なって、精神的にも参《まい》っていた。

「どっちなんだよ。頼むからあまり心配させないでくれ。紲は亜種だし、平均より早く寿命が来るんじゃないかとかさ、俺は常に考えてるんだぜ……」

蒼真が意外なほど真剣に語るので、紲は恍惚境《こうこつきょう》に陥《おちい》ることなく意識を留《とど》める。

彼は半分動物なうえに気ままな豹だ。普段は世話焼きでもなければ心配性でもない。しかも人間としては清《シン》の皇帝《こうてい》の甥《おい》として生まれた王族で、尽《つ》くされるのが当たり前の立場だった。

「心配かけて悪かった……精液も……ありがとう」

紲がしゃぶっていた指を放すと、蒼真はベッドマットに腰かけたまま押し黙《だま》る。

この三週間、紲は蒼真から何度も「ちゃんと寝ろ、無理はするな」と言われていて、倒れて迷惑をかけたことに対して言い訳のしようがなかった。蒼真は蒼真で、どうせ言っても無駄とばかりに溜め息をつく。

「床にぶちまけた香水、ルイの匂いに近かったな」

「！」

沈黙《ちんもく》の果てに唇を開いた蒼真は、人間時の紺碧《こんぺき》の瞳で見つめてくる。

香水作りに没頭するのを見るに見かねて、お世辞《せじ》でも言っているのかと疑った紲だったが、訊くより先に「俺には十分だと思うぜ」と念を押された。

「蒼真……」

彼は半分獣《けもの》なので、悪魔の中でも優《すぐ》れた嗅覚を誇《ほこ》っている。潜在的《せんざいてき》な能力としては淫魔の紲よりも遥《はる》かに上だった。

しかし嗅覚は訓練によって磨《みが》かれるため、成分の細やかな違いを嗅ぎ分ける能力に関しては、調香師の紲のほうが勝《まさ》っている。

遠くにある一輪《いちりん》の薔薇に先に気づくのは蒼真だとしても、その薔薇の品種名や産地まで思い至るのは紺のほうだった。

もし本当に蒼真があの香水をルイの匂いに近いと感じていたとしても、鵜呑《うの》みにはできない。ましてやこれはルイの愛情を具現化するという行為でもあるため、紺自身が納得しなければ意味がないのだ。

「少し近づけただけじゃ……駄目なんだ。ルイの香りはあんなものじゃない」

「そうか？　だいたいあんな感じだろ。こだわり過ぎだと思うけどな」

「調香師が香りにこだわらなくてどうするんだ？」

「御尤《ごもっと》もで。俺も嗅覚に頼って生きてるし、匂いに執着《しゅうちゃく》する気持ちはわからなくもないけど、あんな真っ青《さお》な顔して無茶するなよ。心身共に健康じゃないと、いい作品は作れないだろ？」

「──そうだな、その通りだ……色々ごめん。あ、調香室の床……早く片づけないとな。確かビーカーが割れて香料が……」

「ああ、やっといたから平気」

「……え？」

起き上がろうとすると肩を押され、紺は枕に頭を埋《うず》めながら瞬きする。

蒼真は一日のほとんどを豹の姿で寝て過ごし、働くこともなければ身の回りのことを自分でする気もない。

人間の姿でいても皿一枚洗わないのに、まさか破片《はへん》の片づけをしてくれるとは夢にも思わなかった。もしかしたらまだ夢の延長なのでは……と疑いたくなる。

「ルイが帰国してからずっとだけど、ここ一週間くらい特に無茶してないか？　クリスマスにルイと電話してたし、きっとあれだな、早く会いたいとか甘ったるいこと言われたんだろ」

紲はベッドに寝たまま、「別に……」とだけ答えて体を横向けた。なんとなく恥ずかしくて蒼真の視線をまっすぐに受け止められない。

実際彼の言う通りで、クリスマスに電話で話した時、ルイから「会いたい」と告げられた。そんなものでは済まず、「会いたくて死にそうだ」と切なく言われ、小さな声で「俺も」と返したことを思いだすと顔が火照《ほて》ってくる。

ルイは毎日電話で話したがっていたが、紲は香水作りに集中するためという理由をつけて、電話は週に一度に控《ひか》えてもらっていた。メールだけは毎日届いたが、ルイからのメッセージを目にするだけでも欲情してしまい、自慰に耽《ふけ》って集中力を失う有様だった。電話で毎日声など聞いていては、作業が捗《はかど》るわけがない。

「……片づけ、ありがとう。まさかとは思うけど、硝子の破片を普通に……そのままゴミ箱に入れたりしてないだろうな？」

「え……したけど、いけなかった？」

「っ、は？　お前は馬鹿か⁉　少しは常識的に物事を考えろ。ゴミ箱からビニール袋を出した時どうなると思う？　想像できるだろ？　そもそも硝子は燃えるゴミじゃない。まったく……どうしてこう……本当は頭いいくせに」

「んー……貴族は知能指数高いけど、常識ある奴は少ないから諦《あきら》めて」

蒼真の言葉が言い得て妙《みょう》なので、紲は溜め息をつきつつ彼の顔を見上げる。

しかし視線は合わなかった。いつの間にか紲の尾を握《にぎ》っていた蒼真は、ぴるぴると反射的に動く先端《せんたん》を猫手に握った手で弾《はじ》いて、その反応を愉《たの》しんでいる。動く生体に意識が向いてしまうのは、獣人系《じゅうじんけい》悪魔のどうにもならない習性だった。

「……で？　早く香水作ってこっちに来いとか急《せ》かされたわけ？」

「いや、別に急かされたわけじゃなくて……それに、ルイに言われたからというよりも……」

蒼真が動物的な時ほど素直に気持ちを打ち明けられる紲は、人間の蒼真に対して曖昧《あいまい》に今の想いを語る。あとは察してくれ……と願ったが、彼は尾を弄《いじ》りながら視線だけを向けてきた。

「なんだよそれ、つまり自分が会いたくて仕方ないってことか？　だからさっさと香水を完成させて、胸を張って嫁《とつ》ぎたいと」

「嫁ぐとか言うなっ、番だろ。俺はヴァンピールになってルイの番に……早く、なりたいとか今はちゃんと思ってるわけで……っ、それには一日も早く香水を完成させるしかないんだ」

はっきり言ってしまった。なんて恥ずかしい——早速《さっそく》入り込む穴を探して、あるなら頭から飛び込みたいくらいだった。

しかし恥ずかしがる姿を見せるのは余計に恥ずかしいことなので、紲はぐっと歯を食《く》い縛《しば》る。せめて上掛けに隠《かく》れたくて、身を捩《よ》じらせながら顎《あご》まで潜《もぐ》った。

「まったく……馬鹿はどっちなんだか。ルイに急かされて焦《あせ》ってるなら同情するし、アイツに電話して苦言《くげん》の一つも言ってやろうかと思ってたけど、事はえらく単純じゃないか。そんなに会いたければ会いにいけばいいんだ」

「……けど、香水がまだ……俺はどうしてもあれを完成させないといけないんだっ」

「それはとりあえず保留。ヴァンピールになるのも保留。ああしなければならない、こうしなければいけないって自分を追い詰めるのは悪い癖《くせ》だ。だいたい今はイタリアまで半日で行ける時代なんだぜ。その気になれば明日の今頃はルイのベッドの中でアイツの匂いを嗅ぎ捲《まく》れる」

「――っ」

「一週間程度の旅行だっていいじゃないか。ルイの匂いを再現するわけだし、たっぷり嗅いでからのほうが上手くいくだろ？　香水作りに必要な取材旅行だと思えばサボりにもならないし、そう考えれば気持ちよく行けないか？」

「蒼真……っ」

それは確かに……確かにそうかもしれない。けれどそんなことは考えてもみなかった。

こうして提案されると頭は自動的に動き始め、明日の今頃ルイのベッドの中に居る状況を具体的に想像してしまう。

誓いの指輪に嵌め込まれた血の石ではなく、ルイそのものから新たな香りを嗅げる状況……スケッチではなく立体的な本物のルイを見て、触れて、声を聞いて、そして――。

「あ……っ」

「――あ……林檎《りんご》の匂いが……」

ルイとの情交を生々《なまなま》しく想像した途端、紲の体から魔力が漏《も》れる。

使役悪魔の魔力は貴族悪魔には効かないが、それでも本能的に誘引の香りを出してしまう。

ここには居ないルイを誘惑し、その精液を体内に取り込もうとする淫魔の欲望はあまりにも露骨《ろこつ》で、寝室の空気をたちまち変えていった。

白い花々が広がる花園と、真っ赤に熟《う》れた蜜林檎《みつりんご》……清楚《せいそ》で爽《さわ》やかな風情《ふぜい》を装《よそお》いながらも、粉砕《ふんさい》された罪《つみ》の果実が、淫靡な果汁《かじゅう》の匂いを漂《ただよ》わせる。

普通の人間の鼻には無臭に感じられるにもかかわらず、理性を挫《くじ》くほど強烈《きょうれつ》な催淫剤《さいいんざい》として作用する――危険で、不幸を呼ぶ香りだ。

「……無理だ、こんなふうになるから……イタリアになんて行けるわけがないっ。ファーストクラスで行ったってコックピットに流れたら大変なことになるっ！　乗客だけじゃなく乗務員まで狂いだしたら……っ」

「俺も一緒に行くってば。こんな状態の紲を独りで行かせるわけないだろ？」

「蒼真……」

紲の尾の先を猫手で弄り続けていた蒼真は、目につくと気になり過ぎるそれを、布団《ふとん》の中にごそごそと入れてくる。そうしてから立ち上がり、バスローブの腰紐《こしひも》に手をかけた。

「明日のチケット取っておいて。ミラノへの直行便、ファーストクラス二枚で」

「――っ、明日は……大晦日《おおみそか》だぞ。いきなり取れないんじゃ……」

「そっか、じゃあ俺が手配しておく。教会の力を使えばなんとかなるだろ」

蒼真は豹柄の腰紐をしゅるりと解《ほど》き、ベッドの横で全裸《ぜんら》になる。

人間に変容する際、豹の被毛のカラーから体毛の色を好きに選ぶことができる彼は、全身の体毛を金にしているが、生来は黒だった。茶や白にすることもできる。

今で言うところの中国人で、東洋的な肌を持つ黄色人種だが、造形的には国籍不明だった。身長は一九〇センチ程度、顔立ちはどことなくロシアの血を感じさせるものがある。

「本当に……行くのか？　イタリアに……」

「倒れるほどルイに会いたいんだろ？　アイツは月初めに来日したばかりだし、教会の規約上そう簡単に管理区域を出られない。紲から行くしかないんだよ」

「それは……そうだけど……」

紲が身を起こしながら答えると、蒼真の瞳が紺碧から紫色に変わる。全身に梅の花に似た斑《はん》紋《もん》が浮かび上がり、滑《なめ》らかだった皮膚《ひふ》は豹の被毛で覆《おお》われていった。体の作りも瞬く間に変化して、巨大な豹が床に四足をつく。

「蒼真……変容してどうするんだ？　狩《か》りに行くのか？」

『行くけど、その前に紲の精を飲んでおく。人の多い所に行くなら腹を満たしておかないとだし、紲だって溜まってないほうが抑《おさ》えられるだろ？』

蒼真は前脚だけをベッドマットにかけ、皮肉《ひにく》っぽく笑う。

豹の顔ではあるものの、人間時の表情が思い浮かんだ。

人間を食べずに我慢《がまん》している彼が求めているのは代用食で、今から自慰をして精液を出せと要求してきているのだが……紲には「終わったら呼ぶから外で待ってろ」と指示する余裕すらなかった。イタリア行きという急な展開に、まだそこまで気持ちの整理がついていない。

「本当に、本気で行く気なのか？　管理区域はどうするんだ？」

『眷属集めて見張らせるから心配ないって。一週間が限度ってとこだけどな』

優雅《ゆうが》に尾を振る豹と顔を見合わせながら、紲は思い切れずに考え込む。

地上に存在する悪魔は、純血種の女王一人を除いて全員が人間との混血種で、女王が治めるホーネット教会に所属《しょぞく》している。

貴族は漏れなく教会幹部《かんぶ》として管理区域を持ち、蒼真は現在、日本の関東甲信越を担当していた。管理区域を離れる場合、通常は事前申請が必要になるのだ。

「俺の都合で、こんなに急に……本当に大丈夫なのか？　あとで問題にならないか？　それに貴族同士は頻繁《ひんぱん》に会うのも長期間一緒に居るのも禁止されてるんだし……三週間しか空けずにルイに会うのはまずいんじゃ」

『もちろん俺はルイに会うわけにはいかないけどな。紲は番の俺の許しがあればどこにだって行けるわけだし、ルイの城でまったり過ごせばいい。北イタリアには教会本部もあるし、俺は女王に挨拶《あいさつ》でもしてご機嫌《きげん》取っておくさ。日本で言うなら伊勢参《いせまい》りみたいなもんだな。女王に会うためって大義名分があれば、だいたいなんでも許される』

「――ご機嫌取りなんて、大嫌いなくせに……」

『まあな。だからそれはちゃっちゃと済ませて、そのあとは本部周辺のモンブランやマッターホルンで過ごす。俺の暇潰《ひまつぶ》しには最適だろ？』

冬の雪山を思う存分走る気でいるらしい蒼真は、豹の姿で「グゥッ」と鳴く。やはり笑っているように見えた。

「……ありがとう」

紲は感極《かんきわ》まってそれしか言えず、豹の頭を抱き寄せる。

蒼真はルイの幼馴染《おさななじみ》だが、紲との番関係を巡《めぐ》ってルイに目《め》の敵《かたき》にされたこともあるのに……いつも大らかに二人の関係を見守ってくれている。時にはルイのために、時には紲のために、力強く背中を押してくれる存在だった。

2

大晦日の午前中に日本を経った紲と蒼真は、約半日かけてミラノに到着した。冬場の時差は八時間あり、イタリアでは同日の夕方に差しかかった頃だった。ルイの城まではミラノ中央駅から列車で約三時間かかるため、夜行性の吸血鬼の城を訪問するには丁度よい頃合いだ。

イタリア北西端に広がる雪の渓谷《けいこく》を走り抜ける列車は、ローカルな雰囲気《ふんいき》で窓から目を離すのが勿体《もったい》ないほど素晴らしい景観を望むことができる。難点は一つだけ——一等車両ですら、スプレーペンキで外側から落書きされていることだった。紲がずっと張りついている車窓にも、赤いペンキがついている。

蒼真いわく、もっと早く教会に連絡しておけば、ホーネット教会所有のコンパートメントを繋《つな》いでもらえるらしい。完全遮光《しゃこう》のベッドルームを完備した豪華《ごうか》車両という話だった。しかし今回は急だったのでそうもいかず、せめてとばかり車両一つ分、全席を借り切ってある。

「あ、ルイからメールが……」

目的地に到着する少し前、紲は携帯のメール着信に気づく。一時間前に届いたものだったが、時刻を確認しようとして携帯を開くまで気づかなかった。

「――なんだって？」

豹柄のフェイクファーコートを膝に置いている蒼真は、そう訊きながらも「紲サンいつまでガラケー使ってんの？」と皮肉ってくる。

大正生まれの紲としては、最新の折り畳《たた》み式携帯を使えているので十分なつもりだったが、蒼真が使っているスマートフォンや、彼の謎《なぞ》めく指の動きが気にならないわけではなかった。

「ルイ、今から出かけるらしい……って言っても一時間前の話だけど。駅に眷属を向かわせたから、城で待っててくれって書いてある」

「なんだよアイツ、紲が来るのに不在はないだろ。喜んでたんじゃなかったのか？」

「……さっきまではそんな感じだったけど、教会本部に行かなきゃいけなくなったみたいだ」

「ああ、女王か。それじゃ仕方ない。今日は大晦日だし、カウントダウンを一緒に過ごせって言われたのかもしれないな。ルイは女王のお気に入りだから」

「そう……なのか……」

紲は日本語で書かれているメールを閉じて、横に座る蒼真からも顔を背《そむ》ける。

最強の純血種である女王の命令は絶対なのだから、呼びだしがあれば最優先しなければならないのは当然だった。それはわかっているのだが、カウントダウンの瞬間を一緒に過ごせると思っていただけに、膨《ふく》らんでいた気持ちが萎《しぼ》んでしまう。

「好きで行くわけじゃないんだし、許してやれよ。俺が居なきゃ空港まで迎えにきたはずだ」

ああ、わかってるよ……そんなことはわかってるんだ――頭の中で答えながら、紲は慎重《しんちょう》に息をつく。あまりルイのことを考えると淫毒《いんどく》の香りが出てしまうので、窓硝子に付着した赤いペンキや、硝子に映る蒼真の横顔を見つめた。いつの間にか外が真っ暗になっていて、雄大な峰々《みねみね》も影《かげ》しか見えない。

「俺が話すことでもないから詳しくは本人に聞いて欲しいとこだけど、一つ言っておくと……フランス人のルイが北イタリアに縛られてるのは女王のせいだ。スーラ一族は代々本部付近に城を構えるのが習わしになってる」

「そんなこと聞いてなかった……」

「これから話す気だったんじゃないか？　恋人が女上司の所に何かと呼びつけられてるなんて不愉快《ふゆかい》だろうけど、女王を怒らせたら貴族だろうがなんだろうが拷問《ごうもん》されて首刎《くびは》ねられるからな、こればっかりは仕方ない。俺達混血種と純血種の間には、越えられない壁があるんだよ」

蒼真が女王のことをあれこれと話すのは珍《めずら》しいので、紲は向き直って直接顔を見合わせる。

悪魔という生物の存在を知らずに、普通の日本人として育った紲にとっては、純血種の女王など架空《かくう》に近い存在だった。

女王は自ら産んだ一部の貴族悪魔や、その配下の使役悪魔を侍《はべ》らせて、居城から動かないという話は聞いたことがある。永遠の命と、世界中の悪魔を監視する千里眼《せんりがん》を持ち、途轍《とてつ》もなく強くて残酷《ざんこく》な女だという話も耳にしていた――。

「駅に着いたら俺は教会の車で女王の所に行くわけだし、俺のが先にルイに会いそうだな」

「……会ったらいけないいんじゃないのか？」

「本部で鉢合《はちあ》わせするくらいは平気。デートだなんて疑われないだろ？」

「そもそもどう見ても恋仲《こいなか》には見えない。空気がなんとなく、険悪《けんあく》だし」

「俺はルイのこと嫌いじゃないぜ。アイツが勝手に殺気立ってるだけだ」

蒼真は軽口を叩《たた》いていたが、貴族同士が恋仲ではないかという疑いを持たれることは、実のところ大変深刻《しんこく》な問題だった。

魔族を統率《とうそつ》する宗教会、ホーネット教会の掟《おきて》では、純血種を生むことが最大の禁忌《きんき》とされ、それを防ぐために女の貴族悪魔を作りだすことが禁じられている。

そのため貴族悪魔は全員男だが、女の貴族悪魔がいないという不自然な環境に体が適応してしまい、男の貴族同士が長期間一緒に過ごすと、どちらかが女性化する仕組みになっていた。

そうして貴族の男女が交わると、間に産まれてくるのは人間の血が抜けた純血種で――その存在は女王の地位を脅《おびや》かし、魔族社会の秩序《ちつじょ》を乱す危険因子《きけんいんし》となる。

純血種は唯一無二《ゆいいつむに》でなければならない――その掟を守るために、貴族悪魔同士は長期間一緒に過ごすことも頻繁に会うことも禁じられている。恋仲にあるという疑いを持たれるだけでも、幽閉《ゆうへい》され審問《しんもん》を受ける破目《はめ》になるのだ。

「ルイに会ったら早く帰れって言っておくよ」

「……言わなくていい」

紬はぷいと横を向いたが、別に意地を張っているわけではない。仕事は仕事できちんとする性格なので、ルイの立場も理解しているつもりだった。

ましてや自分のせいでルイが貴族の使命である繁殖《はんしょく》活動を行わなくなり、そのことに責任を感じている。他の吸血種族から冷ややかな目で見られているという話を知っているだけに……ルイが女王に気に入られているという事実を、肯定的《こうていてき》に受け止めるべきだった。いずれルイの番になる者として、不満を抱くどころか喜ばなければならないところだ。

――少し待ってれば会える……六十五年も会わずにいられたんだし……。

会いたい、今すぐに会ってルイの香りを嗅ぎ、冷たい肌を温めたい。

理性で気持ちを装っても、本音が匂いに出てしまいそうになる。油断すると蜜林檎の香りが車両を満たしそうで、紬は思わず蒼真の手を取った。

「……紬？」

引き寄せて皮膚の匂いを嗅ぐと、茉莉花に近い香気が薔薇のイメージを覆ってくれる。

誰と一緒に居るのか、今どういう状況なのか……それを強く意識することで、誘引のための魔力を抑え込んだ。

列車を降りて迎えの車に乗り込んだ紲は、別の車で教会本部に向かう蒼真と別れた。

しかし車の進路は一緒で、途中まで連なって走ることになる。

イタリアでもっとも小さなこの州には、紀元前三千年から存在する遺跡《いせき》や城がいくつもあり、近郊の村には十七世紀から残る石造りの民家が並んでいた。

ナポレオン帝政時代にはフランス領となっており、地理的にも文化的にもフランスとの繋がりが深い。現在でもイタリア語とフランス語が公用語として使われている。

ルイの居城も教会本部も、スイスやフランスの国境と接する渓谷に程近い森の中にあり、普通の人間が近づくことのできない私有地の奥に建っていた。

単に私有地だからというだけではなく、森全体に女王の結界《けっかい》が張ってあるため、限られた者しか奥に進むことができない。

条件は比較的緩《ゆる》く、魔族の血を持っている者と、その同伴者や餌として連れられてきた人間は受け入れられるようにできていた。それ以外の人間は同じ所を延々と迷わされた挙《あ》げ句《く》に、城に辿《たど》り着けずに弾《はじ》きだされることになる。

「ルイの城は、女王の結界の中に建ってるんだな」

スノータイヤを履いたリムジンの後部座席で、紲は横に座っている男に話しかけた。

迎えに来たのはスーラ一族の使役悪魔一人と虜《とりこ》二人で、名乗ったのは使役悪魔だけだった。

虜はルイの血毒を与えられた元人間であり、知恵や判断力はあっても魂《たましい》や意思というものはない。地位も使役悪魔のほうが高く、クレマン・ユレと名乗った彼がこの場を仕切っていた。

「女王陛下《へいか》のお膝元に城を構えることができるのは、数ある種族の中でもスーラ一族の当主にのみ許された特権です。そんなこともご存じないいんですね」

使役悪魔のクレマンは、紲が日本語で話しかけてもフランス語で返してくる。

紲は香水の聖地グラースに留学していたことがあるのでフランス語を理解できるが、発音に自信がなく、喋《しゃべ》るのはあまり得意ではない。

それもあって眷属全員に日本語を習得させたとルイから聞いていたのだが、クレマンは日本語を使う気がない様子だった。それどころか、紲に対して露骨に態度が悪い。

――使役悪魔が、ここまで喧嘩腰《けんかごし》だとは思わなかった……。

クレマンはスーラ一族の使役悪魔の中ではもっとも若い六十五歳で、ルイが紲と出会う前に義務として作った最後の子供ということになる。使役悪魔は人間の母親そっくりに育つ特性を持つため、ルイと似ている部分はなかった。髪は金髪、瞳は灰青《はいあお》の美青年だ。

「女王陛下のお膝元か……名誉《めいよ》なことなんだろうけど、息苦しいだろうな」

「息苦しいという感覚を我々は理解できません。亜種である貴方は理解できるのでしょうが、それを売りにしてルイ様に媚《こ》びるのはやめていただきたいものです」

「――っ、別に媚びてなんか……」

クレマンは憎悪《ぞうお》を隠さず、蛇蝎《だかつ》の如く目《め》の敵《かたき》にしてくる。

動く人形のような虜と比べれば感情豊かに見えるが、実際には違う。

彼の態度は感情によるものではなく、使役悪魔としての本能によるものだった。

使役悪魔は原則として主に逆らうことはないが、主の意思よりも一族の繁栄《はんえい》のために尽くす本能を持っている。たとえルイから「紲に親切にしろ」と命じられていたとしても、紲が一族の繁栄に邪魔《じゃま》な存在だと判断すれば、命令を無視することができるのだ。

――エアコンをつけてくれないのも……嫌がらせか？

紲は溜め息を漏らし、コートを着ていても寒い車内で身震《みぶる》いする。

自分のせいでスーラ一族を滅亡《めつぼう》に導《みちび》いている自覚はあり、だからこそ悩んできた。

それでもルイの番になると決めたのだから、邪険《じゃけん》にされたくらいで挫けてはいられない。


蒼真の乗った車と別れてから十分ほど進むと、森の中に円錐型の黒い屋根が見えてきた。

無数に聳《そび》える尖《とが》った屋根の下には、年月を感じさせながらもなお白い城壁と、屋根と同色の跳ね橋があった。

城に真っ直ぐ続くアプローチは雪塗《ゆきまみ》れの並木道で、そこを走るうちに跳ね橋が下ろされる。

湖と思われる城濠《じょうごう》の上に、黒い一本の道が出来上がった。

「スーラ城にはルイ様の結界が張ってありますので、あの跳ね橋を渡れる使役悪魔は、一族の中では私だけです。別に誰でも構わないのですが、容姿と余命で選出されました」

「――っ、お前だけ？　ルイの眷属でも、あの城に入れないってことか？」

「はい、以前は眷属なら誰でも入れたそうですが、私はその時代を知りません。ルイ様の結界から弾きだされた他の者達は皆、あの館で暮らしています」

クレマンが窓外を指し示すので、紲は城から視線を逸《そ》らす。

跳ね橋の手前にある森の奥に、城と意匠《いしょう》を同じくする建物が建っていた。

アプローチになっている並木道からも、屋敷の灯りを捉《とら》えることができる。

そこに大勢の使役悪魔が暮らしているのかと思うと、紲の胃はたちまち重くなった。

城を囲む堀の外から主を見守っているというよりは――城から締めだされてもなお執念《しゅうねん》深く、主の動向に目を光らせているように見える。屋敷の窓の灯り一つ一つを、赤い瞳と見間違えてしまいそうだった。

「六十五年前から、ルイ様が城に入れる使役悪魔は一人のみになりました。他はすべて虜です。使役悪魔は寿命を迎えて次々と死んでいき、血族の数は減少の一途を辿っています。今はまだあのように多くの部屋に灯りが点いていますが、いずれ一つもなくなるでしょう」

「……っ」

抑揚《よくよう》のない口調で怨《うら》み言《ごと》を語るクレマンには目を向けず、紲はコートの中からルイの指輪を入れたケースを取りだす。動揺《どうよう》を抑えるためにも、何かしていないといられない気分だった。

事前に城の結界に関する注意をルイから受けていたので、跳ね橋を渡る前にルイの血の石の指輪を嵌める。

これさえ着けていれば招かれたのと同じになり、結界に弾かれることはない。

——指輪を……凄《すご》い目で、睨《にら》まれてる……。

紲はクレマンの顔を見ないようにしていたが、針や刃物《はもの》でも突き立てられているかのように視線を感じた。

左手の薬指ごと切り取ってしまいたい……そう思われているのがわかる。

不穏《ふおん》な空気に満ちた車は並木道を抜けて、跳ね橋の上を走り始めた。

森から出たことで、空が一気に開けて見える。

純白のデコレーションを施された緑深い森と、その先に広がる雪の渓谷は見るからに澄《す》んだ香気を放っていた。

しかし閉め切った車内では恩恵《おんけい》に与《あずか》れないため、紲は早く外に出たくて堪《たま》らなくなる。

北イタリアの空気を胸いっぱいに吸い込んで、濯《すす》ぎ流すように体内の空気を変えたかった。

——凄い……結構……大きいんだ……。

車が跳ね橋を渡り終えると、スーラ城が眼前に迫ってくる。遠目に見るよりも遥かに大きく感じられた。

鋭く伸びる黒い屋根と白い城壁。城前庭園はなく、建造物が丸ごと湖水に浸《つ》かっている。

まるでヴェネツィアのような趣《おもむき》に惹かれたが、車から降りるなり楽しむ余裕はなくなった。

――さっ……寒い！　興味深い空気だけど、それどころじゃ……！

駅や車内とは比較にならない寒気に襲われ、紲は激しく体を摩《さす》る。

雪深い渓谷付近は深々《しんしん》と冷え込んでいて、骨身までキィンと凍《こお》りつくようだった。

気温は予《あらかじ》めわかっていたので、機能性インナーや裏起毛の厚手のコートを着てきたものの、そんな物ではとても足りない。冷血（変温）動物の吸血鬼や、寒さに強いアジア系豹族の蒼真とはわけが違うのだ。淫魔は人間的な体温を持つ恒温《こうおん》動物で、寒さにも暑さにも弱い。

城門の前で、紲は無言で足踏みする。空気を味わうのも忘れて早急に暖を取りたかったが、それでも調香師の鼻は風の匂いに反応していた。

ローマ時代から続く州都を駆け巡るのは、冷気によって絞《しぼ》り込《こ》まれたグリーン・ノート――春に芽吹《めぶ》いて香る予定のリーフィー・グリーンや、希少なバイオレット・リーフの香気を微量《びりょう》ながら含んでいる。そこにスーラ城の古めかしい金属や古代石に含まれる磁鉄《じてつ》のオゾン臭と、外堀の湖から漂うマリーン・ノートが加わっていた。

大自然の中に佇《たたず》む古城の存在感と、越えてきた年月を物語る香り――。

それはルイの持つ冷温の薔薇の背景として、申し分のないものだった。

3

午後十一時五十分、ホーネット教会本部から城に戻ったルイ・エミリアン・ド・スーラは、車から降りるなり城門を潜《くぐ》る。身長の四倍はある両開きの門扉は、虜によって事前に開かれていた。寒さを感じないのでただのファッションでしかない毛皮のコートを虜に預け、壮大かつ豪奢《ごうしゃ》な階段ホールを駆け抜ける。

正面の壁に埋《う》め込まれた天使と悪魔の巨大彫刻《ちょうこく》の前に、使役悪魔のクレマンが立っていた。人間的な関係で言うなら末息子に当たるが、魔族社会では貴族が我が子と位置づけるのは唯一人——貴族悪魔として、自分そっくりに育て上げた跡取り息子のみと決まっている。たとえ子や兄弟であっても、使役悪魔は貴族悪魔の眷属でしかない。

「おかえりなさいませ、ルイ様」

「紲はどこに居る⁉」

「三階の風の間にいらっしゃいます。勝手ながら、お迎えに上がらせていただきました」

「——っ、お前にそんなことを命じた覚えはない」

ルイはクレマンが紲の存在を疎《うと》んでいることを知っており、憮然《ぶぜん》としながら階段を上がる。

使役悪魔は原則としては絶対服従《ぜったいふくじゅう》でありながらも、繁殖が絡《から》むと主の言いつけすら守らない厄介《やっかい》な存在だった。

同じ眷属でも、魂も意思もなく余計なことをしない虜に囲まれているほうが心安いのだが、せめて一人は使役悪魔を傍《そば》に置き、彼らの訴えを聞く振りくらいはしておかないと、跳ね橋の向こうに追いやった面々が人間の女を攫《さら》ってきてしまうのだ。面倒だが、一度作ってしまった以上、使役悪魔を完全に無視することはできなかった。

ルイは突き当たりから左右に伸びる階段の一つを駆け上がり、六つもの踊り場を抜けて城の三階に上がる。

吹き抜けの広い階段ホールから廊下に向かうと、葡萄《ぶどう》と蝙蝠《こうもり》をモチーフにした黄金の壁掛け照明が等間隔に灯っていた。

電気や水道の設備こそ新しくしてあるが、城自体はルイの父親が建てた物で、バロック様式とロココ様式、新古典様式が混在した華美な空間が延々と続いている。廊下は壁画と天井画で埋め尽くされ、随所《ずいしょ》に金装飾が施《ほどこ》されていた。

「紲っ！」

最奥にある風の間に向かって廊下を走っていたルイは、堪え切れずに叫《さけ》ぶ。

会いたくて会いたくて、胸が痛くて死んでしまうかと思うほど愛しい恋人の名だ。

もしも紲が他の貴族悪魔と一緒に暮らしていなかったら、三ヶ月もの時間を空けずに会いにいく約束もできたのだが、かといって蒼真の庇護《ひご》がなければ紺の身は危うくなる。やはりあの時、強引にでも連れ帰って自分が守るべきだったと、ルイはあれから何度も悔《く》やんでいた。

「――紺っ、紺……⁉」

風の間の扉を開けたルイは、そこに思わぬ光景を見る。

その名の通り、風を入れるための窓だらけの室内に紺は居たが、ソファーの上に横たわっていた。コートを被った状態で膝を抱えて丸くなっており、紙のように白い顔をしている。

呼びかけに対して反応はあるものの、ほとんど体を動かさなかった。

「紺……っ、いったい何が……」

「――ぁ……ルイ……」

駆け寄ったルイは、紺の紫掛かった唇を見てから室温に気づく。

寒いと思わないだけで気温差は感じられるため、部屋が冷え切っているのがわかった。

そもそも風の間は、夏場に城全体に風を通す時に使う部屋で、旧式の暖炉《だんろ》もなければ最新の暖房設備もついていない。硝子面が多く、窓を閉め切っていても屋外のように冷えるのだ。

「紺……すまない、遅くなって……」

もっと言いたい言葉があったのに、すぐに口づけたかったのに……声が震えてしまった。

紺をこの部屋に通したのは十中八九クレマンの嫌がらせだが、それを今言い訳のように語っている暇《ひま》はない。それにクレマンはクレマンで、一族の繁栄のために働くという絶対的本能に従って、その妨《さまた》げになる紲を冷遇《れいぐう》せずにはいられないだけであり、叱《しか》りつけてどうなるものでもなかった。結局は、事前にクレマンを追いださなかった自分の越度《おちど》だ。

「紲……すぐに入浴の支度をさせ……いや、とにかくシャワーを……っ」

虜に命じている場合でも任せている場合でもなく、ルイはすぐに紲を抱き上げる。

体が冷え切っていて、まるで彫刻のように硬く感じられた。

「――遅くなって……すまなかった。許してくれっ」

ルイは床を蹴る勢いで風の間を出ると、来た道を戻る。

そして完全結界を張ってある寝室に飛び込んだ。

紲をバスルームまで運び、脱衣室にある椅子《いす》に座らせる。

首から上はぐったりとしているのに、体の関節や筋肉は不自然に強張《こわば》っていた。

これが普通の人間なら医者を呼ぶところだが、紲は淫魔だ。弱った体を回復させるには何が必要かはわかり切っていた。

「紲……っ、紲……」

久しく触れた体に感慨《かんがい》を覚える余裕もなく、ルイは紲の衣服を脱《ぬ》がせていく。

急いでいるのに指先が震え、もどかしい手つきになった。

「――ルイ……もう、日付変わった……か？」

「まだだ。新しい年を二人だけで迎えられる」

ルイは全裸にした紲の前で自らも上着とベストを脱ぎ、スカーフもカフスも外す。

もう一度抱き直すと、紲は自分の力で首に手を回してきた。

「ルイ……」

唇を首筋に押し当て、スンッと鼻を鳴らして肌の匂いを嗅いでいる。

しかしすぐに肩を震わせ、「……お前の匂いが……濁《にご》ってる……」と呟《つぶや》いた。

「紲……っ」

凍《こご》えたせいで嗅覚が正常に働いていないのだと思い、ルイは言葉を失う。

急な本部登城の件やクレマンのこと、紲の体を労《いた》わる言葉……ルイの頭の中には洪水《こうずい》のように多くの言葉が溢《あふ》れていた。けれどそれらを口にして謝罪《しゃざい》したい気持ち以上に、初めて二人で年を越せる瞬間を大切にしたい想いがある。

他の誰の名前も出したくなくて……ただ、「会いたかった」とだけ告げた。

「――俺も……」

凍えて苦しかっただろうに、待たされて不安だっただろうに――紲は青白い顔で微笑《ほほえ》む。

笑顔など向けてもらえる立場ではなかったので、ルイは魂を抜かれたように動きを止めてしまった。しかしそれもほんの数秒で留め、我に返ってバスタブの中に紲を座らせる。

「紲、本当にすまなかった。私が至らないばかりに……」

「平気だ……凄く、あったかい……」

熱いシャワーを出して冷え切った体に丁寧にかけると、紲は再び微笑む。勢いよく溜まっていく湯を自分で掬《すく》いながら、首や肩にかけて温めていた。

——私が不在にしなければ、こんな目に遭わせることもなかったのに……。

ルイの心は悔恨《かいこん》で凍《い》てつくばかりだったが、紲の瞳には精気が戻り、体も温《ぬく》もっていく。

上目遣いでじっと見つめてくるので、ようやく一息つくことができた。

湿気《しっけ》を含んだ亜麻色の髪の間に、同色の瞳が輝いている。

長い睫毛《まつげ》が揃《そろ》って羽ばたく度に、誘惑の蜜林檎が香ってくるようだった。

ルイには紲の魔力は効かないが、求められているという事実に欲情するため、魔力が効いているも同然の結果になる。

「あ……除夜《じょや》の鐘《かね》が……」

唇を触れ合わせようとした矢先、紲はここがどこだかわかっていないかのようなことを言う。

しかし鐘は本当に鳴っていて、新しい年を迎えたことを告げていた。

「明けましておめでとう——で合っているか？」

紲が除夜の鐘と言ったので、ルイも日本的な挨拶を口にしてみたが、紲はそれに対して軽く吹くように笑った。それでも開口一番に、「明けましておめでとう。今年もよろしく」と、少し照れた様子で返してくる。

見つめ続けると紲は瞼を閉じ、開けた時には瞳が赤くなっていた。

楕円《だえん》を描く黄金のバスタブの中から、黒い尾がぬるりと出てきて手首に絡む。

蜜林檎の甘い香りが強まると共に、ルイは紲が感じているであろう薔薇の香りを意識した。

自分の体臭はよくわからなかったが、それでもなんとなく、香気が立ち上っている気がしてくる。紲に対して、匂いで想いを伝えたかった。それが一番、紲への愛情表現として相応しい。何よりも強く信じ、受け止めてくれる――。

「……んっ、う……ル、イ……」

抱き寄せながら唇を重ねると、夢ではないと確信できた。

三月まで会えないと思っていたのに、夢のような嘘のような現実が、確かに存在している。紲はルイの匂いを嗅いでルイを感じ、ルイは紲に触れて紲を感じる。触れた物と同じ温度になる体は、紲と溶け合うように温もっていった。

「は……っ、あ……っ」

ルイの冷たい唾液《だえき》を啜《すす》って、淫魔の紲は回復していく。湯に浸かっているせいもあり、唇は瞬く間に温かくなった。

最初に感じた温度差が埋まった頃には、シャツに手をかけられる。斜《なな》めに口づけながら服を脱がされ、淫魔の尾でバスタブに向かってぐいぐいと引っ張られた。

「紲……っ」

「――ッ、ルイ……もっと……」

唇が外れると、紲は血のように赤い瞳で強請《ねだ》ってくる。淫魔に変容しているとはいえ正気を失ってはいないはずなのに、やけに素直だった。回復のために精液が必要だという名目があるからなのか、それとも本当に素直に求めてくれているのか、唇を開きながらベルトにまで手を伸ばしてくる。

「――紲……」

両手と尾を使って脚衣を寛《くつろ》げられ、兆《きざ》した物を下着の中から取りだされた。

バスタブの底に膝をついて身を乗りだした紲は、舌先で先端を舐めてくる。

そうしながら尾を雄の根元に巻きつけ、血液を押し上げるかのように愛撫《あいぶ》してきた。

ルイが脚衣や下着を下ろす間に完全に食いついてきて、「んっ、ん……っ」と声を漏らす。

――紲が……自分から私の城に来て、命じてもいないのに……私に……。

一度は現実だと確信したはずなのに、ルイは再び夢ではないかと疑ってしまう。

六十五年前の蜜月の頃は別として、それから先はわだかまりのない時がなかった。

こんなふうに積極的に求められると不安になってしまうほど、紲の愛情に飢《う》え、長い孤独《こどく》に耐えてきた。もしもこれが夢なら、目を覚まさずに死んでしまいたいとさえ思う――。

「ふ……ん……っ、ん……！」

「紲……」

ルイは立ったまま紲の髪に触れ、小さく丸い頭の形をなぞっていく。

柔らかな髪の感触も、耳朶《じだ》の厚みも、口淫《こういん》のために動く顎関節《がくかんせつ》も、間違いなく紲の物であることを実感しながら、指や掌《てのひら》で味わった。

「――ッ……」

奮《ふる》い立つ雄を、唇と舌と尾で愛されて、物理的な快楽を超えた悦びに満たされる。長い間、甘い夢を見ては絶望的な目覚めを繰り返してきた。そんな日々は、もう終わったのだ――。

「……ッ、ハ……！」

「う……ん、ぐ……」

ルイは紲の口内で絶頂を迎え、悪魔化した紲に精液を与える。

腰まで震えが走る中、味蕾《みらい》に染み込ませるように味わわれているのを感じた。

そして、ごくりと喉を鳴らして嚥下《えんか》するのがわかる。敏感な器官の先が紲の口蓋《こうがい》に当たっていて、口内の動きが逐一《ちくいち》伝わってきた。

「――ふ、ん……は……っ……」

顔を引きながらも名残惜《なごりお》しく唇を当てている紲は、鈴口からチュウッと残滓《ざんし》を吸う。

ルイは当然普通の人間ではないが、それでも人間時の体液にはヒトとしての成分が多く含まれており、紲の顔色は見る見るよくなっていった。

唇は赤く艶めき、全身の肌が淡い薔薇色に染まる。

変化は瞳にも現れ、虹彩《こうさい》に水銀を散りばめたかのように爛々《らんらん》と光りだした。

「ルイ……一緒に、風呂に……薔薇の匂いが……黒い、薔薇の匂いがするから……っ」

――黒い……薔薇……？

突然の言葉の意味がわからないまま、ルイは湯の中に引き込まれる。

二人でも入れるだけの大きさはあったが、湯が溢れて床に広がっていった。

紲は両手でルイの腕を摑《つか》みながら、尾でシャワーヘッドを高らかに持ち上げる。

「女王は……吸血鬼だ……そうなんだろう？」

「――っ」

紲の言う通り、女王は確かに吸血鬼だった。数ある悪魔の中でも吸血種族が特に優遇《ゆうぐう》されているのは、女王が吸血鬼だからというのが大きい。

「移《うつ》り香《が》……か？」

女王の生態に関して、ルイは一瞬、蒼真が紲に話したのかと思った。

しかしそうではない。紲には特別な嗅覚《きゅうかく》があるのだ――。

「お前の体から、同じタイプの……冷温の薔薇の香りがする。お前の匂いを押さえ込むような、凄く威圧的で毒々しい香りだ。お前のは鮮血みたいな瑞々《みずみず》しい紅薔薇だけど……これは違う。熟し過ぎて腐敗寸前《ふはいすんぜん》のアメリカンチェリーみたいな……紫色をわずかに帯びた、どす黒い色の薔薇だ。女の匂いだってこともわかる。お前の匂いを濁すほど強くて、好きじゃないっ」

「紲……」

ルイは紲がどんな想いで自分を待っていたのかを察して、眉間《みけん》に深い皺《しわ》を刻《きざ》む。

好き好んで女王の所に行ったわけではなく、途中で蒼真が現われなかったら、同日中に帰ることさえ難しい状況だった。女王にはそれだけの強制力がある。

しかしそんなことは紲には関係ない。女の匂いをつけたまま紲に近づき、紲が愛してくれた香気を濁してしまったのかと思うと、悔《く》やまれてならなかった。

「すまない……私は、どうすればいい？　頭からシャワーを浴びれば落ちるだろうか？」

「そうしてもいいか？」

「もちろんだ」

ルイが答えると、紲は尾で持ち上げていたシャワーヘッドをルイの背後に移動させる。

ルイは高い位置からシャワーを浴びて、紲の両手で頰《ほお》を包まれた。

指の腹を使ってそっと、顔を洗われる。女王の手にキスをしたことを知っているかのように、唇を何度も何度も――。続いて首と手、最後には耳殻《じかく》まで揉むように洗われた。

そうしながら真っ直ぐに見つめてくる瞳には、再会の喜びと、移り香に対する嫌悪感が混在している。そして嫌悪感の裏には、確かに妬心《としん》や独占欲《どくせんよく》が見えた。

「――っ、ん……う……！」

「……ッ、ゥ……」

ルイは紲の唇を奪い、同時に髪を乱される。

雨のように降り注ぐシャワーを浴びながら、お互いをぐちゃぐちゃにしていった。

濡れた黒髪と亜麻色の髪が交ざり合い、額《ひたい》やこめかみに張りつく。

それをすぐに紲の十指で流されて、執拗《しつよう》なほど洗われた。

ルイの嗅覚では女王の移り香まではわからず、湯気で高まる紲の香りしか感知できない。

黒薔薇のイメージが消えたかどうかは知る由《よし》もなかったが、早く余計なものがすべて消え、紅薔薇の匂いだけを紲に感じて欲しかった。

「ふ……っ、う……」

「――ッ」

ルイは紲の口内を舌で探り、ふっくらとした唇を何度も押し潰す。

髪を洗われながら紲の腰を抱き寄せ、双丘の膨らみを両手で摑んだ。

紲の指がびくついてもお構いなしに肉を揉みほぐし、あわいの後孔に触れる。

「――んっ、う……！」

淫魔のそこは、精液を摂取しやすいようにできていた。

すでに愛液で満ち、指を挿入《そうにゅう》すると湯の中でもぬめりを感じられる。

雄茎も十分に昂《たかぶ》って、硬度を競わんばかりにルイの物と擦れ合った。

「は……う、っ……あ、あ、っ……！」

「紲……余計なものはなくなったか？　私の匂いを感じているか？」

ルイは唇を解放するなり紲の額にキスをして、尾の付け根の下にある後孔を指でずくずくと突いた。

黄金のバスタブに荒波《あらなみ》ができるほど身を捩《よ》じらせた紲は、「お前の匂い……」と、艶《つや》めいた声を漏らす。

明確な答えを聞かなくても、紅薔薇の香気に陶然《とうぜん》としているのが感じられた。

「――っ、抱きたい」

重々しく告げると、紲はいまさら恥ずかしそうな顔をして、こくりと頷《うなず》く。

シャワーヘッドをバスタブの外に置き、自由になった尾を腰に絡みつけてきた。

湯の中で重なる二つの体を、情交の邪魔にならない程度に結ぶ。

「あ……っ、あ、あ――……っ」

ルイは紲の体を正面から貫《つらぬ》き、反《そ》り返《かえ》る背中を支えた。

もう片方の手は胸に持っていって、自然に痼《しこ》った突起《とっき》を撫《な》でる。

指と指の間に挟《はさ》んで摘《つ》まみ上げるように刺激すると、秘洞の中がきゅうっと締まった。

「あっ、あ……あ、ん、ぁ」

「――ッ、ハ……」

紲の中は熱く、淫魔ならではの反応を見せる。

ルイの雄を迎え入れるために潤滑液《じゅんかつえき》を滴《したた》らせ、狭隘《きょうあい》な肉の奥へと誘い込んだ。

弾力《だんりょく》のある肉壁は雄茎を扱《しご》き上げるように蠕動《ぜんどう》し、隈《くま》なくねっとりと絡んでくる。

一刻も早く射精させて精液を得ようと目論むのは、紺の希望ではなく肉体的な本能だ。

「ルイ……ッ、あ……ふ、あ……っ！」

繋がりが深くなればなるほど、紺の媚肉は強烈に収縮する。

紺自身がこの時をじっくり愉《たの》しみたいと思っていたとしても、淫魔の体は標的の男に至上の快楽《かいらく》を与えるようにできていた。

「――ッ、ゥ……」

腰を揺するまでもなかった。

押し込んだ全長は搾《しぼ》られて、えも言われぬ優しさと愛の悦《よろこ》びに包まれる。油断したらすぐに達してしまいそうなほど、心地好い刺激だった。

「ひっ、ああっ……あ、あ、あ――っ！」

「――ッ、ハ……ッ……！」

ルイは媚肉の締めつけに抗《あらが》うように動き、紺の腰を引きながら突き上げる。

肉体的には抗っていても、対抗《へだ》していているつもりはなかった。

淫魔の紺も人間の紺も分け隔てなく愛している。だからこそ、紺を感じさせて悦ばせるのは常に自分でありたかった。

「あ……っ、あ、あ……ぁ、ルイッ……！」

「──紲……紲……っ、愛している……っ」

「や、あぁ、ルイ……も……っ、イッ──」

紲は喉を微《かす》かに鳴らし、ぶるっと震えながら息を詰める。

ルイが前後に揺さぶることで波が立って、喉笛《のどぶえ》に白濁《はくだく》と湯が同時にかかった。

甘い蜜林檎の香りと混ざり合う精の青さに、ルイの情炎《じょうえん》は燃え上がる。

絶頂に引き結ばれた紲の唇を抉《こ》じ開《あ》け、官能に痺《しび》れる舌を無理やり起こした。舌小帯《ぜっしょうたい》を舐め上げて、舌先を吸って唇ごと食む。嬌声《きょうせい》も呼吸もすべて奪《うば》い、さらに激しく腰を揺らした。

「んっ、ん……ん──っ!!」

「……ッ、ン……!」

背中に爪《つめ》を立てられ、動けないほど強く抱き寄せられる。

腰を繋いでいた尾の締めつけも、抽挿《ちゅうそう》が儘ならないほどきつくなった。そして舌も、ルイが吸《す》うまでもなく絡みついてくる。

──紲……っ!

最愛の恋人が、ようやくこの手に戻ってきた。

自分の物だと思い込むのは滑稽《こっけい》なのかもしれないと、何度思ったかしれない。

蒼真が悪いわけではないと頭ではわかっていながらも、その存在を呪《のろ》い続けた。醜《みにく》い嫉妬は心を穢《けが》すと知っていても、抑え切れなかった。

しかしもう、すべては過去でしかない。苦しいばかりの恋は終わったのだ。

これからは紲を思う存分愛することができる。幸せにすることだけを考えて、愛で包み込むことができる――。

「や、あ……来る……っ、あ……あ、あ――っ！」

「――ッ、ハ……ウ……ッ！」

しなやかな体を掻《か》き抱《いだ》き、ルイは紲の最奥に吐精《とせい》する。

淫魔の体がそれを吸収して力に変えていくように、この想いで紲を満たし、輝かせたい。

いつも傍で笑っていて欲しいと思う。

闇に属する者として不届きかつ贅沢《ぜいたく》な望みだとしても、紲を照らす太陽でありたい。

誰よりも何よりも、頼もしい存在になりたい――。

「ルイ……会いたかった……」

力の籠もり過ぎた両手を回して、紲が縋《すが》りついてくる。見えなくても表情は読み取れた。

同じ気持ちだからすぐにわかる。涙を堪えて幸せを噛《か》み締めている顔が、瞼の裏に浮かんできた――。

4

初日《はつひ》の出《で》が姿を見せる前に、紲は人間の姿でスーツケースを開く。

クレマンがどこかに持っていってしまった物だったが、ルイが虜に命じるとすぐさま寝室に運び込まれた。この部屋の寄木細工の床が、踏むことさえ躊躇《ためら》われるほど見事なので、傷などつけないよう隅《すみ》に置いて作業をする。

まずは土産物《みやげもの》の日本酒の木箱と、洗面用具の入ったポーチを出した。そしてコートからは、ケースに戻したルイの指輪を取りだす。硝子ケースに収めた状態で、さらにクッション張りの赤い革製《かわせい》の箱に入れてあった。

「クリスマスプレゼントに贈ってくれたこれ、電話でも言ったけど俺のイメージ通りだった」

紲はガウン姿でベッドに戻り、山積みの枕《まくら》に寄りかかっているルイに硝子ケースを見せる。

ベッドマットは広々としていたが、横に座るとすぐに腰を抱き寄せられた。

空間も半ば閉じていて、壁の途中から張りだした天蓋《てんがい》から、金飾りのついた赤いドレープが下がっている。内側には白いチュールも垂《た》らしてあり、大きな布と薔薇の形の留め具を使って、いくつもの弧《こ》が複雑に描かれていた。

「本当にそんな物でよかったのか？　ダイヤの指輪を強請られるならわかるが、まさか硝子の指輪ケースとはな」

「凄く気に入ってるんだ。俺は仕事柄こういった小さな容器のデザインや品質にはこだわりがあって、うるさいほうだと思うんだけど……お前が作ってくれたこれは完璧だった。整飾用《せいしょく》でありながら携帯可能な大きさと強度、指輪が引き立つデザイン……肝心《かんじん》の密閉力《みっぺいりょく》はもちろん、蓋の開けやすさやクッションケースにも工夫があって凄くいい」

「それはよかった。指輪を嵌めてもらえないのは残念だが……」

「嵌めるのは香水が完成した時って決めたから。それまでお前の匂いを飛ばしたくないんだ」

クリスマスプレゼントに何が欲しいかと訊かれ、最初は遠慮《えんりょ》していたものの最終的には指輪ケースをリクエストした紲は、円錐硝子に嵌ったルイの指輪を見つめる。

しかし彼の視線は、ケースではなく紲の左手の中指に向かっていた。

今はまだ蒼真の番なので、紲は蒼真の指輪を嵌めている。

硝子ケースの中にある物と同じ、王冠を戴く大雀蜂と十字架——ホーネット教会の貴族悪魔だけが使える紋章《もんしょう》が刻まれた金の指輪だった。裏側には李蒼真と漢字で刻印が入っている。

「蒼真の指輪……外したほうがいいか？」

「いや、嵌めていろ。ここは教会本部に近く、他の貴族に遭遇《そうぐう》しやすい場所だ。すでに貴族の番になっていることを強調する必要がある。本当は私の指輪も揃えて嵌めておいたほうがいいくらいだ……赤眼《あかめ》の淫魔は性奴隷《せいどれい》として人気が高いだけではなく、お前は特別可愛いからな」

「いや、別に可愛くないし……それ褒《ほ》め言葉じゃないから。あ、そうだこれ……お土産。越後《えちご》地酒《じざけ》なんだ。吟醸香《ぎんじょうこう》を優先して選んだ物だけど、喉越しがよくて淡麗《たんれい》で旨味《うまみ》も十分だと思う。冷やで飲むと香りがよくわかるから試してみてくれ」

紲は女王の居城でもある教会本部が何故そんなに近くにあるのか詳しく訊いてみたかったが、まだ訊けなくて話題を変える。

「ありがたく頂戴《ちょうだい》しよう。これと同じ物を蒼真が女王に献上《けんじょう》していた。そのように興趣《きょうしゅ》が増す説明はなく、『日本の酒です』としか言っていなかったがな」

ルイは少し笑って、木箱に入った日本酒を受け取る。

話題を逸らすつもりだったにもかかわらず本部での出来事に触れられ、紲は吃驚《びっくり》してルイの横顔を凝視《ぎょうし》した。今は女王のことよりも、ルイが蒼真のことを語りながら笑ったという事実に驚かされる。

「どうかしたのか?」

「あ、いや……蒼真に会ったんだなと思って……」

「ほんの一瞬だ。蒼真が私を追い払ったので、日付が変わる前に本部を出ることができた」

「追い払った?」

「ああ……番を巡って決裂《けつれつ》し、啀《いが》み合《あ》っていることは噂《うわさ》になっていたからな。『お前はいつでも来れるんだから、今夜は俺に譲《ゆず》ってさっさと失せろ』と、私に言い放ったわけだ」

「蒼真が……そんなことを……」

「そして私は女王の許しを得ずに、怒った振りをして帰ってきてしまった」

苦笑するルイを見つめながら、紲は釣《つ》られるように笑う。

女王とルイの関係はわからなかったが、蒼真の気遣いや、ルイが早く帰ってきてくれたこと、そして二人の関係が修復されたことが嬉《うれ》しくてならなかった。

「しかし帰りがもっと遅くなっていたらどうなっていたことか。私の監督《かんとく》が至《いた》らんばかりに、つらい目に遭《あ》わせてすまなかった。お前をあのように寒い場所で待たせるなど決してあってはならない行為だ。クレマンには厳罰《げんばつ》を与えよう」

「え……いやっ、そんなのいいから！　吸血鬼だから室温とかまで気が回らなかっただけかもしれないし、元々ちょっと体調がよくなくて……別にアイツのせいじゃないんだ」

「っ、体調がよくないとはどういうことだ？　メールでは元気だと言っていたはずだ」

「……それは……心配かけたらいけないと思って。つまりその、いや……なんでもない」

ルイに会いたくて会いたくて、早くヴァンピールとして番になって傍に居たくて……けれどそのために必要な香水が作れず、睡眠不足とストレスで参っていた——とは恥ずかしくて口にできなかった。恥ずかしいだけではなく、つくづく自分が情けなくなる。ルイと同じ香りの香水を作るまで待ってくれと言いだしたのは自分なのに、待てずにこうして来てしまった。

「体調を崩した理由は、私への恋煩《こいわずら》いか？」

「いや、違うし……っ、そこまでは行ってないし……」

「——ではどこまでは行ったのだ？」

ルイに腰を抱かれながら迫られ、紲は薔薇の香気の高まりを感じる。

見つめ合うまでもなく、求められているのがわかった。

それでもあえて見つめ合ってみると、紺碧の瞳に吸い込まれそうになる。

なんて愛しげに、艶めいた視線で自分を見るのだろう……心がほぅっと息をつけるくらい、愛情が目に見えた。そして嗅覚にも訴えてくる。

「どこまで行ったかなんて、説明できないけど……俺は今、ここに居るから……」

「そうだな、私の腕の中に居る」

「ルイ……ッ、あ……っ……ぅ」

キスをされると同時に胸元を探られ、紲は硝子ケースを手に身じろぐ。すでにルイの香りに対して自分の香りで応えてしまい——そうでなくとも拒《こば》む理由など一つもなかった。

女王との関係が気になってはいたが、今はいい、まだ知らなくていい。

ようやく会えたルイに触れて、薔薇の香りに酔っていたい——。

「……ルイ……」

「紲……この幸福が夢ではないと、もう一度確かめさせてくれ」

確かめたいのは自分も同じだった。硝子ケースに閉じ込めた香りに縋るばかりだったのに、こうして本物のルイの香りを嗅いでいる。冷たいはずの彼の手を温もらせ、見つめ合いながら互いの肌に触れている。現実として捉えるには、あまりにも幸せ過ぎた。

「あ……は……っ……ぅ」

紲は絹《きぬ》のシーツの波に溺れ、首筋に何度も口づけられる。

頸動脈《けいどうみゃく》の上に唇や歯列を押し当てられると、咬《か》まれる予感を覚えた体が身構えた。

吸血鬼の牙《きば》は管牙《かんが》になっていて、麻酔《ますい》効果のある毒が注入されるが、咬まれた瞬間は激痛が走る。気持ちの上では官能的な行為でも、体は反射的に防御態勢に入ってしまった。

「――咬む気はないぞ……そんなに警戒《けいかい》するな」

紲の首筋から顔を上げたルイの瞳は、紺碧から紫へと変わる。

吸血鬼は見た目の変化が少ない種族だが、立ち上る薔薇の香りや、悪魔にしか感じられない魔力のオーラが圧倒的に強まった。

「咬む気はないのに変容するのか？　牙が疼《うず》きそうだな」

「五感をより鋭敏《えいびん》にして、お前をじっくりと味わいたいだけだ」

「……なんだか、赤ずきんの……おばあさんに化けた狼《おおかみ》の台詞《せりふ》みたいだ」

「これはまた随分と色っぽい赤ずきんがいたものだな。確かに食べてしまいたいほど可愛いが、私は野蛮《やばん》な狼ではないぞ」

「可愛いって言うな。けど、別に……咬まれてもいいんだ。味わうなら血が一番いいだろ？」

紲ははだけたガウンをさらに開き、首筋を咬みやすいよう顔を反らす。

本当に咬まれてもよかった。むしろ咬まれたいと思う。

ルイの牙で皮膚を破《やぶ》られ、筋肉や血管を裂《さ》かれると、雄で貫かれるのとは違う一体感を覚えることができた。唇を密着されて血を吸われ、ルイの血肉や香りへと変えられる吸血行為は、恍惚《こうこつ》の域に達する悦びを齎《もたら》す――。

「あまり誘惑しないでくれ……私は正気のお前を愛したい」

ルイは紲の誘いに乗るように首筋に唇を寄せたが、フッと息を抜いて笑った。

吸血鬼の牙から毒を注入されると、痛みが薄れると同時に意識が朦朧《もうろう》とするため、紲はその時ばかり素直にルイを求めてきた。毒に侵されて正気ではなかった……と、言い逃れができる状況を隠《かく》れ蓑《みの》にしてきたのだ。

「それなら……毒を使わなければいい……浅く咬むなら、そんなに痛くないし……」

今はもう、毒に侵されていることに甘える必要はなかった。好意を認めた以上、正気のままルイを求めることができる。毒を注入されなければ痛みを感じることになるが、それでもいいから咬まれたかった。

「どのような咬みかたをしても痛みを与えることには変わらない。こんなに愛しているのに、こんなに可愛くてならないのに……お前に苦痛など……」

ルイは過去に自分がしてきたことを悔やんでいる様子で、優しい愛撫《あいぶ》ばかりを繰り返す。

首筋から鎖骨《さこつ》へと下がっていった唇が、胸の突起に触れた。まだ柔《やわ》らかくほとんど主張していないそれを唇で挟みながら、舌先で転がしていく。

「ん……っ、あ……」

咬まれたいんだ――その一言を口にできずに、紲は握っていた指輪ケースを離した。

ルイ本人から匂い立つ、新鮮で濃密《のうみつ》な薔薇の香りを嗅ぎながら、彼の肩に両手で触れる。

「ルイ……ッ、あ……は……っ」

左胸を吸われ、右胸を指先で捏《こ》ねられて、脚の間がずくずくと疼いた。

雄の部分も反応したが、後孔はそれ以上の反応を見せる。

淫魔の体はたとえ人間になっても多少は濡れるようにできていて、体の奥から淫蜜《いんみつ》が流れる感覚があった。

「や……ぁ、ルイ……ッ……あ……っ」

「――ン……ッ」

柔らかかった乳首は、左右どちらも限界まで尖る。

もっと弄《いじ》って……と強請るように震え、ルイの舌や指先で弾かれる度に勃《た》ち上がった。

周辺の皮膚まで張り詰め、快楽のあまり全身の肌が粟立《あわだ》ってしまいそうになる。

「胸だけでも、こんなに感じるようになったのか？」

「――っ、知らない……そんなこと……っ」

胸から顔を上げるなり訊いてくるルイに、紲は気丈《きじょう》に返した。

今は毒に甘えなくても素直に求められると思っていたが、いざとなるとやはり恥ずかしい。

しかしルイの言う通りで、どこに触れられても気持ちがよくて堪らなかった。

これまでは種族的性質のせいにしてきたが、そうではないことは自分が一番よくわかっている。他の誰に触られてもこんなふうにはならない。

同じように鳥肌が立ったとしても、原因がまったく違う。ルイ以外との性的行為は、嫌悪《けんお》の対象でしかなかった。

そしてそれは、ルイにとっても同じこと――長年、繁殖のために不本意ながら人間の女に種付けをしてきた彼は、虫唾《むしず》が走るほど性行為を苦痛に感じていた。こうして誰かを求めて愛し合える日が来るなんて、お互いに、出会うまでは考えられなかったことだ。

「は……あ、ぁ……っ」

「……ッ」

今度は右胸を吸われ、同時に双丘の間を探られた。すぐに指を挿入されることはない。拒むように閉じた窄《すぼ》まりの表面を、十分に濡れるまで丁寧《ていねい》に撫でられた。

「ふ……あ、あ……っ！」

くぷっと指が入ってきて、抜き差しされると蜜が零《こぼ》れる。

乳首を吸われるだけでもひくついていた雄が、一際《ひときわ》大きな反応を見せた。

腹につくほど反り返り、いやらしく開いた鈴口が蜜を吐《は》きだす。

そこから粘性《ねんせい》の糸を引いて、臍《へそ》を濡らした。

「はっ、う……あ、あ……っ」

ルイの指の動きが速くなり、ジュプジュプと音が立つ。

腫《は》れそうなほど吸われた乳首が解放され、ルイの顔が真上に来た。

「――ル、イ……ッ」

これほど美しい人間がこの世に存在するのだろうか――初めて会った時そんな疑問を持ったほど綺麗《きれい》な顔が、切ない表情を浮かべて自分を見ている。

吸い寄せられずにはいられない瞳、肌、髪、そして唇……すべてに触って味わいたくなる。

「ん、う……ん、ふ……っ」

この男は自分の恋人だと、自分自身に誇りたかった。

「――ン……ッ」

キスをして、お互いの体に忙《せわ》しなく掌《てのひら》を滑《すべ》らせる。

触りたくて触りたくて……首でも肩でも腕でも、隙《すき》さえあれば撫で合った。

そして一番深い所で繋がる。

「……っ、う……っ、ん――っ！」

「――ッ！」

息を詰めたルイが、体ごと前進して大波のように押し寄せてきた。

紲の唇はルイの肩にぶつかって塞がれる。

大きく重たい波に呑まれて、彼と同様に息を詰めずにはいられなくなった。

どのような抱かれかたをしても、ルイを受け入れた途端に小舟の如く沈《しず》められてしまう。

人間のまま繋がるのは負担が大きく、淫魔の時とは違った形でルイの存在を刻みつけられた。

豊富な淫液が次々と溢れるわけではないために、肉体的な抵抗がある。摩擦《まさつ》も痛みもある。

それすらも悦びだと思えるほどの、愛情がある――。

「は……っ、ふ……あ、あ、ぁ……っ！」

「……ウ……ッ……」

ルイの形も重みも香りも声も、視線やオーラさえも感じて――紲の五感は満たされていく。

繋がったままぶつけ合う体は快楽を追い、絶頂を求めて絶えず動いた。けれどこのまま……

いつまでもそこに到達しなくても構わなかった。

肌を合わせ、体を繋いでいるだけで嬉しくて、終わりを告げる絶頂など迎えたくない――。

「――ハ……ッ……」

「……ル、イ……ッ……もっと、ゆっくり……っ……して……」

紲は掠《かす》れた声でさらに一言、「終わりたくないから……」と、ルイの耳に直接注《そそ》いだ。

繋がっている時は、毒に頼らなくても不思議な魔法がかかったように……恥ずかしい言葉が出てくる。素面《しらふ》に戻って思いだしたら赤面してしまいそうなことも、口にできたりするのだ。

「紲……っ、久しぶりに会ったのに、一度や二度で終われると思っているのか？」

「——あ……ぁ、あ……ルイ……ッ！」

甘苦しい顔で眉を寄せたルイが、一際強く腰を叩きつけてくる。

息もできないほどの加圧を受けながら、紲は涙を飛ばして仰《の》け反《ぞ》った。

終わりが来たことに気づかないほど激しく、繰り返し繰り返し愛されたい。

真紅の薔薇の香りの中で、深い眠りにつくまでずっと——ルイに酔いしれていたかった。

5

スーラ城に来てから四日が経ち、紲はある目的のために跳ね橋を渡った。

クレマンが城から追いだされた今、紲に嫌がらせをする者や逆らう者はいなくなり、虜達は原則として紲にも従う。彼らには魂や意思こそなかったが、判断力はあるため、主の不利益になること以外であれば頼んだ通りに動いてくれた。

ルイは事前に、「紲を城の外に出すな」と命じてはいなかったらしく、虜は紲の希望通りに跳ね橋を下ろした。

その先には森と城を繋ぐアプローチがあり、雪化粧《ゆきげしょう》された並木道が延々と続いている。

空は白み始めたばかりで、まだ月が見えた。

ルイは自分の寝室にのみ、音や匂いまで封じ込める完全結界を張り、城全体には侵入防止の通常結界を張っている。

跳ね橋を渡るとルイの結界から出ることになってしまうのだが、軽井沢で暮らしてきた紲は鹿島の森を歩くのを日課にしており、城に閉じ籠もっているのが窮屈《きゅうくつ》になっていた。

何しろスーラ城は建物自体が湖水に囲まれ、庭も緑もないのだ。

それとなくルイに言って、夜明け前にここを散歩する約束になっていたのに、ルイは女王に呼びつけられて十時間経った今も帰ってこない。仕方なく一人で出かけてみたものの、気分は一向に晴れなかった。

──貴族悪魔の中で唯一……ルイだけが女王の結界の中に城を持ってる。三日しか空けずに呼びだされて十時間も帰ってこないし……いったい何をやってるんだ？　またあの黒い薔薇の匂いをつけて帰ってくるのか？　唇にまで……。

ルイが女王との関係を説明しようとしないので訊きにくく、今の紲にできることと言えば、真っ白な溜め息をつくことと、二人の姿を想像することくらいだった。

紲は並木道を歩きながらコートの襟《えり》を寄せ、見たことのない美女の姿を想い描く。匂いを嗅いだせいか、以前のように曖昧な存在ではなくなっていた。自己顕示欲《じこけんじよく》も力も強い、黒薔薇の香りの女吸血鬼──何千年も生き続ける妖艶《ようえん》な美女の姿が浮かび上がる。

ルイには言わなかったが、本人の香り以外にも移り香はあった。

フィレンツェにある世界最古の薬局が取り扱う製品の一つ、アックア・デッラ・レジーナの香りと、わずかにネイル臭もした。

ルイが女王の手を取って、指先か甲《こう》に唇を押し当てたのは間違いない。

移り香の度合いからしてそれ以上のことはしていないとわかっていたが、ルイがはっきりと言わないだけに、穏《おだ》やかではいられなかった。ルイが女王の呼びだしに嫌々応じていることは察しているものの、不安になる。性的関係云々《うんぬん》といった問題ではなく……何か事情があるならきちんと話して欲しかった。

自分はルイの相談相手にもなれない脆弱《ぜいじゃく》な使役悪魔かもしれないが、彼の恋人のはずだ。役に立つかどうかや解決するか否かではなく、ただ話して欲しいと思う。

──蒼真も……俺には女王の話や教会の話はほとんどしない。結局、人間とは違うから……貴族悪魔と使役悪魔の間には高くて厚い壁があって……たとえ親友になっても恋人になっても越えられないのかもしれない……。

人間は肌の色が白くても黒くても黄色くても同じ人間であって、そこに優劣《ゆうれつ》はない。けれど悪魔は違う。紫の瞳か赤い瞳か……ただそれだけの違いでは済まないのだ。

貴族悪魔の寿命は使役悪魔の十倍、繁殖能力を持つのも貴族だけ。

使役悪魔は貴族のために存在する。繁殖を助け一族を増やし、主に仕えて一代限りで死んでいく運命──貴族悪魔が人間の女に子種を植えつけ、次々と生ませては利用する存在。ただの捨て駒《ごま》。蜂にたとえるなら働き蜂に過ぎず、自分が何者なのかと疑問を抱くこともなければ、主を羨《うらや》むこともない。

──俺には使役悪魔の感覚はないけど……それでも使役悪魔には違いないのに、恋人だから対等でありたいとか、なんでも打ち明けて欲しいとか思うのは、身の程知らずなのか？　役に立てる力がないなら、口を出すべきじゃないのか？

降り積もったパウダースノーをキュッと音を立てて踏みながら、紲は唇を一文字に結ぶ。

蒼真が何をしていても干渉《かんしょう》する気はなかったし、だからこそ上手くやってこられたのに……ルイがやることはいちいち気になって仕方がなかった。

女王との関係を知るためなら、不快な黒薔薇の匂いを嗅いでも構わないと思っている。女王とルイが今夜何をして過ごしたのか……匂いは真実を如実《にょじつ》に語るから、早く嗅いで探りたかった。

——ここに居れば車が通る……ルイは俺を拾って帰るはずだ……。

自分で自分が気持ち悪いくらい粘着質になっていた。

ストレートに訊けないからといって鼻に頼るのもどうかとは思っているが、洗い流される前に移り香を嗅ぎたい。

手の甲にキスをするくらいなんでもないことだと頭ではわかっていても、胸がざわついた。

せめてそれ以上のことは何もないということを、確かめたくなってしまう。

相談してくれないのも嫌、二人が特別な関係にあるのも嫌。女のように嫉妬する自分も嫌で、苛立《いらだ》ちばかりが募《つの》った。

「こんな所を独りで歩いては危険ですよ。迷惑なのでやめてもらえませんか?」

並木道でルイの帰りを待っていた紲は、フランス語で声をかけられる。

聞き覚えのある声で、振り返った時には金髪と灰青の瞳を思い浮かべた。

「クレマン……」

　想像した通りの姿が木陰《こかげ》から現われた。ただし悪魔化しており、瞳は赤くなっている。

「蒼真様の指輪を嵌めていれば無敵だとでも思っているんですか？　平和な人ですね。貴方《あなた》が襲われてもスーラ一族の使役悪魔は助けませんよ」

「……ご忠告ありがとう」

「貴方のために言っているわけではありませんので、勘違《かんちが》いなさらないでください。この辺りは、女王陛下の直系である新貴族の方々がよく通られます。もしも貴方が犯されて、ルイ様が報復に走ろうものなら厄介なことになるのです。下級淫魔の貴方は『性奴隷としてのみ』大変人気が高いのですから、それを自覚して大人しく隠れていてください」

「――っ、城からあまり離れないようにする」

　青筋が立ちそうなほどこめかみがひくついたが、紲はそれだけ言って踵《きびす》を返した。

　クレマンにこれ以上話しかけられるのが嫌で、城に向かってやや足早に歩きだす。

　別に遠く離れる必要はないのだ。

　ルイが帰り道に見つけて、車に乗って行けと声をかけてくれる場所ならどこでもよかった。狭い車内には匂いが籠もっているはずで……そこで真実を嗅ぎ取ればいい――。

　――何やってるんだろ俺……訊きたくないのは、ルイのほうから話して欲しいからだけど、信じてるのにこそこそ嗅ぎ取ろうとか……変だ。みっともない……。

紲はクレマンの横を通り過ぎ、並木に沿って来た道を戻る。

クレマンと早く別れたかったが、背後から鳴き砂を踏むような足音が追ってきていた。

何歩進んでも音はやまず、ついてこられているのがわかる。

「ルイ様と女王陛下の関係、お聞きになりましたか？」

「！」

何か不愉快なことを言われるかもしれない……そんな予感を覚えた直後、声をかけられた。

予想通りでもあり予想外でもあり、紲は髪が揺れるほどの勢いで振り返る。

「ルイ様は女王陛下の愛人です。日本語では『情夫』と呼ぶのが相応しいかもしれません」

「……っ⁉」

聞きたくない――そう言おうとしたのに、先に言われてしまった。

途中で耳を塞ぐこともできず、怒鳴って止めることも儘ならないまま、「どうか、そうではありませんように」と、心の奥底で密《ひそ》かに繰《く》り返《かえ》していた願いを打ち砕《くだ》かれる。

「――っ、情夫……」

「ご自身の結界内に城を構えさせていることからしても、陛下がどれほど執着《しゅうちゃく》なさっているかおわかりでしょう？　教会内では公然の仲です」

何故……何故そんなことになっているのか、何も知らないけれど頭のどこかで理解はできた。

男の艶色《えんしょく》を過分に含んだルイは、類稀な美貌《びぼう》と至上の香り、艶やかな美声を持っている。

恋人なら対等であるべきだと思ってはいても、本当は自分が彼に相応しい相手ではないことくらい百も承知だった。ホーネットの女王がルイを愛し、その権力を以て結界内に縛りつけていたとしてもなんら不思議ではないのだ。ルイが女王の寵愛《ちょうあい》を受けることに、疑問を抱く者はいないだろう。それほどにルイは美しい──。

──情夫……ルイが、女王の……！

頭で理解しても、血の気は容赦《ようしゃ》なく引いていく。膝から力が抜けて、視界は靄でもかかったように不鮮明《ふせんめい》になった。夜明け前の空に浮かぶ月が、何重にもぶれて見える。

「スーラ一族を零落《れいらく》に陥《おとし》れることしかできない下級淫魔に、ルイ様の番は務まりません。身の程を弁《わきま》えて早く日本に帰ってください。目障《めざわ》りです」

「！」

次の瞬間、紲はクレマンに手首を摑まれていた。

いきなり骨が軋《きし》むような力で引っ張られ、心の衝撃を痛みで弾き飛ばされる。

痛いと言って抗議しようとしたが、目が合うと言葉が出なくなった。彼の赤い瞳に、何か異様なものを感じる──怖いと思わざるを得ない何かだ。

「日本に帰る前に、私達の館にいらっしゃいませんか？」

「……っ、え？」

「貴方に会いたがっている仲間は大勢居ます。あの館に……」

クレマンは並木の奥に見える建物を指差しながら、握っていた紲の手に一層力を籠める。骨がどうにかなりそうなほど痛くて、紲は顰《しか》めた顔を横に振った。

「――っ、遠慮する……手を、放してくれ……っ」

「ご遠慮なさらずに是非。貴方がお慕《した》いしているルイ様の子供達が大勢……あそこで暮らしているのですよ。今は私も住人の一人です。貴方が城に来たせいで追いだされましたから」

「……ぅ、痛い、手を放せ！」

「一緒に来てくださったら放しますよ。大丈夫、咬《か》みついたりはしません。スーラ一族の使役悪魔全員の怨み言を聞いていただくだけです。それくらいは貴方でもできるでしょう？」

そんなことを言われて誰が行くものかと目で訴え、紲はクレマンの手から逃れようとする。腕力では吸血鬼に敵わないため、指先を一本一本剝《は》がそうと必死になった。しかし微動《びどう》だにせず、袖口のボタンが弾けて服の繊維が悲鳴を上げる。手首の骨はミシミシと鳴っていた。

「放せ……っ、いい加減にしろ！」

紲が声を荒らげたその時、視線の先で何かが光る。

スーツの胸元に片手を忍ばせたクレマンが、金属製の物を取りだそうとしていた。

鋭く光る、銀色の何かを――。

『おい、そのくらいにしておけよ――赤眼吸血鬼』

「！」

頭の中に声が響き、紲は風下《かざしも》に顔を向けた。

クレマンも同じ方向を勢いよく見て、紲の手を慌てて放す。匂いが流れてこなくても気配がなくても、悪魔を引きつける貴族悪魔の力に導かれ——声の主の居場所が直感的にわかった。

「蒼真……っ」

月に向かって伸びる大木の上に、黄金の豹が横たわっている。

紫の瞳は薄闇に光り、ぶら下がった尾は振り子のように揺れていた。

「蒼真様、これは失礼を……私はスーラ一族の……」

『無駄《むだ》な挨拶はいい。俺の番を苛《いじ》めるのはやめてくれないか？　嫁《よめ》イビリなら俺が口出すことじゃないけど、今はまだ俺の番なもんでね……あまり苛めると咬み殺すぞ』

「……っ、う……」

豹の蒼真が「グウゥッ」と唸《うな》ると、殺気が空から向かってくる。

無論クレマンに対してのものだったが、傍にいた紲でも感じられるほどだった。

蒼真は太い枝の上から、ほとんど身を起こさぬまま下りてきて、片栗粉《かたくりこ》のようにふわふわとした雪面に着地する。

「蒼真……」

尾を立ててしゃなりしゃなりと歩いてきた蒼真は、紲とクレマンの間に入って、紲の太腿《ふともも》に額を当てた。そうしながら尾でクレマンの胸部を思い切り打ち払い、『失せろ』と命じる。

他種族とはいえ貴族悪魔の命令には逆らえないクレマンは、使役悪魔が暮らしている屋敷に向かって一目散に走っていった。

『蜜月を満喫《まんきつ》してるかと思えば、感じ悪いのがちょろちょろと――大丈夫か？　怪我《けが》は？』

「……っ、あ……いや、全然……」

未だに骨まで痛かったが、紲は反射的に答える。

幸いコートの上からだったので出血はなく、皮膚と筋肉を捻って内出血させられただけで済んでいた。クレマンが胸元から何かを取りだそうとしていたことに、蒼真は気づいていない。

『アイツに何をされたんだ？』

「別に……袖を少し引っ張られただけだ。あとは……女王のことで、ちょっと……」

あまり心配をかけたくなかった紲は、深く考えずにそう答えていた。実際のところ、今一番気になるのはクレマンの行為よりも、彼から聞いた話のほうだ。

『アイツらの言うことなんか気にするなよ。主に交尾させることが仕事だからな、雄に対して愛想が悪いのはデフォだ』

「――お前は……ルイが女王の愛人だってこと、知ってたんだな……」

『愛人だの情夫だの言われてるのは事実だが、実状はだいぶ違う。何しろルイが女王と寝たら最大禁忌の純血種誕生に繋がるからな。二人が清い関係だってことは誰もが知ってる』

「清い、関係……」

頭に直接響く蒼真の言葉を口にしながらも、一度下がった血の気は戻らない。ルイが女王を抱いていないのは紲にとってよいことに違いなかったが、清い関係と言われると胸に迫るものがあった。異性と精神的な繋がりを持たれることに、想像以上に抵抗を感じる。

『ルイは女王の所に行ってるのか？』

紲はいつしか膝の力を失って、蒼真の背中に凭《もた》れかかっていた。こくりと頷くものの、気が動転していて意識が定まらない。月がぶれて見える現象が続いていて、外気の冷たさも蒼真の温もりも、手首の痛みさえも感じられなかった。

五感が正常に働かないくらい、心が揺さぶられている。

『女王の件で、ルイをあまり責めるなよ』

「……っ」

『ルイは先代の正妻の子だからな……母親の腹の中に居た時から、男だったら貴族として育てられると決められてて、それと同時に女王の愛人になる未来も決まってたんだ。正確に言えば女王の愛人はルイじゃなく、スーラ一族の歴代当主だ。女王が愛してるのはアイツの姿と声と匂いであって、ルイ個人じゃない。代々受け継がれる同じ物に執着してるだけなんだ』

「――っ、あ……そうか……ルイの父親も祖父も……皆、同じ……」

貴族悪魔も使役悪魔も、混血種の悪魔は生まれた時は人間の母親に瓜二《うりふた》つで、能力的な差はない。けれどその中で唯一《ただ》一人の男児が後継者として選ばれ、母乳の代わりに父親の血液を毎日与えられる。ルイも蒼真も、そうやって実父の下で育てられて貴族になった。後継者は力を継承《けいしょう》しながら父親の姿を写し取るため、ルイの姿形も声も匂いも、すべては代々受け継がれてきたものだ。

永遠の命を持つ女王が何代か前のスーラ一族の長を愛し、その子孫に執着している——そういう話であって、ルイに非はないということなのだろう。

「それならどうして話してくれないんだ。そういう事情があるって言ってくれてもいいのに」

『……さあ、わかんないけど、今回の滞在期間は一週間て決まってるわけだし、紲が落ち込むようなことを早い段階で聞かせたくなかったんじゃないか？』

「別れ際に話すつもりだったってことか？　そんなの、ますます気分が悪い……っ」

『まあそう怒るなよ。せっかくここまで会いにきて、喧嘩してたら勿体ないだろ？』

そんなことはわかっていた。

喧嘩などしたくないし、空気を悪くすることさえ避《さ》けたかったのだ。

そうやって重たい問題を後回しにしているのは、お互い様なのかもしれない——。

『紲は訊いていい立場なんだから、気になることはなんでも訊けばいい。けどルイ本人が一番つらいってことは忘れないようにしろよ』

「蒼真……」

紲は半分雪に埋まり半分蒼真に乗った状態だったが、そのまま城に向かって引きずられる。

落ちかけたので反射的にしがみつくと、蒼真は新雪の上をのしのしと歩き続けた。

その先にあるのはスーラ城の跳ね橋で、並木道はもう少し続いている。

「蒼真……城に行くのか？」

『お前をこんな所に置いておけないだろ？　この辺りには新貴族がうろうろしてるし、赤眼の淫魔は大人気だ。俺の指輪を嵌めてたって誘拐《ゆうかい》されかねない』

「新貴族って……女王の直系のことか？　さっきの奴がそんなようなこと言ってたけど……」

『そう、女王が人間の男の子種で産んだ混血悪魔と、その直系が新貴族。女王と血の繋がりのない古代種は旧貴族になる。俺もルイもそっち。古い種のほうが序列は上なんだけど、女王としては腹を痛めて産んだ我が子が可愛いからな。新貴族の奴らは悪さをしても大した罰を受けないことが多いんだ。だから結構無茶をする』

「指輪……してれば平気かと思ってた」

『ルイの指輪ならともかく、俺の指輪じゃ印籠《いんろう》代わりにはならない』

蒼真は「グルゥッ」と唸り、白い息を吐きながら歩き続ける。新旧以前に獣人系悪魔は吸血種族から軽んじられる傾向があり、甚《はなは》だ面白くない様子だった。

「……心配かけて、ごめん」

『ここは日本とは違う。もしルイと喧嘩するようなことがあっても、城から飛びだしたりするなよ。どっかの部屋にでも閉じ籠もって俺が行くまで待ってろ』

蒼真は紲を乗せたままスーラ城へのアプローチを抜けて、黒い跳ね橋の前で脚を止める。

紲が自分から下りて立ち上がると、全身をプルプルッと震って雪を払った。

次第に明るくなっていく黎明の空の下で、紫の瞳が光っている。

「――喧嘩なんて……しない。そんなことをしにイタリアまで来たわけじゃないから……」

『それがわかってるならいい。口があるんだから納得いくまでちゃんと話し合えよ』

豹の姿で語りかけてくる蒼真の前で、紲はおもむろに膝を折った。

先程までのように力なく崩れるのではなく、自分の意思で折って身を屈める。豹の鋭い髭《ひげ》を避けて頬肉を摑み、それをわずかに揺さぶった。

「俺はもう大丈夫だから……そっちこそ気をつけて。標高四千メートルまで行くんだろ？」

『紲の大丈夫は大丈夫じゃないからな、遊びに集中するのも一苦労だ』

蒼真は獣ながらに皮肉っぽく笑い、再び雪の中を歩きだす。

尾を振る後ろ姿を見送っていると、『じゃあまた、明後日《あさって》な』と、頭の中に声が届いた。

明後日……あと二日……それしか残っていないのだと改めて思い、胸が苦しくなる。

たったそれだけしか一緒に居られない。それが過ぎたら日本に戻って香水作りに励《はげ》み、毎晩毎晩……今夜もルイは女王に呼ばれたのだろうかと、思い悩む日々を送ることになる。

それは途轍もなくつらくて、考えただけで奈落《ならく》の底に落ちてしまいそうだった。

6

ホーネット城とも呼ばれる教会本部を後にしたルイは、スーラ城に戻って車から降りる。すでに朝陽《あさひ》が昇り、苦手な時間帯に入っていた。

同じく夜行性の吸血鬼でありながらも女王にはルイの体を思いやる心はなく、自分の都合で気まぐれに呼びつけては某《なにがし》かの奉仕を命じてくる。

連続して何日も呼ばれることもあれば、十数年間一度も呼ばれないこともあった。

チェスやカードゲームに酒の相手、時には口づけまで求められる。

他にも様々なことをさせられるが、もっとも多いのは朗読の強要だった。

人間社会の情勢を知るために一晩中、実に十時間以上も新聞を読み上げさせられる。小説や詩を読むこともあり、歌も歌わせられた。

もしもルイが人間なら、声が嗄《か》れたり体力的に限界を迎えたりということもあり得るのだが、途中で人間の生き血を提供されるため、回復して物理的には可能になってしまう。

畢竟《ひっきょう》するに際限がなく――いつも女王が飽《あ》きるまで付き合わされ、精神的には疲労困憊《ひろうこんぱい》していても帰してもらえなかった。

代々継承される同じ姿と声を目的に、意思など無用の動く人形として扱われる屈辱《くつじょく》は筆舌に尽くし難い。心の拷問と言っても過言ではなかった。

ルイは自分にすべてを託《たく》して死んだ父親のことを愛してはいたが、一言だけ……どうしても許せない言葉を父親から受けたことがある。

ルイが成長して父親と完全に同じ姿になった時、彼は感慨深《かんがいぶか》くルイを見つめ、「これでようやく解放される」と言ったのだ。

その意味がわかったのは、女王の下に自分が通わされるようになってからだった。

一度は父親を憎み、それから十数年の時を経て彼の気持ちが理解できるようになった。

それほどつらかったのだということを痛感し、そして自分は、我が子にこの苦しみを負わせたくないと思った。貴族悪魔は死ぬ前に後継者を育て上げるのが義務とされているが、ルイはいつか作らなければならない後継者に関して思い悩み、迷い続けていた。

紲と出会って完全に吹っ切れた今――以前よりも女王への奉仕はいくらか楽になっている。

自分の代で終わると思えば……そう考えれば、この苦痛は永遠ではないのだ。

終わりが見えているから耐えられる。

何より自分には、紲という癒《い》やしも悦びもあるのだから――。

「紲……起きているか？　帰ったぞ」

帰城するなり一階で入浴を済ませたルイは、外出着に着替えて三階の寝室の扉を開けた。

この部屋の窓にはアイアン製の扉がついているため、それが閉じている今は夜のように暗い。ガレの二つのランプに光が灯り、天蓋ベッドから起き上がる紲の姿を照らしていた。ルイの疲れ切った心に沁《し》み込《こ》む、穏やかな笑みがそこにある。

「おかえり……遅かったんだな」

「約束を守れなくてすまなかった。今から散歩に行こう」

「……え？」

ルイは並木道を歩きたいという紲の言葉を覚えていて、女王の部屋で朗読している間もそのことを励みにしていた。

吸血鬼の自分とは違って、紲の体は日光に当たっても影響がない。きらきらと照り返す雪の並木道を楽しそうに歩く姿を見られるなら、苦手な太陽の下に出ることさえ厭《いと》わなかった。

「――もう陽が出てるし……無理しなくても……」

紲はそう言いながら、衣服に目を向けてくる。すでに入浴を済ませたことも新しい外出着に着替えたことも気づいている様子で、困惑《こんわく》顔を見せた。

「緑の中を歩きたいと言っていただろう？　陽が出てからではいけないのか？」

「いけなくはないけど、無理させる気なんてなかったし……もういいから」

「私のことなら平気だ。長時間でなければ陽射しくらいなんでもない」

ルイは本当に無理をしているわけではなく、予定よりも遅れたが、紲の希望を叶《かな》えたかった。

きちんと約束を守り、紲を満足させることのできる男でありたかった。

そのためなら太陽など本当になんでもなかったのに、紲は首を横に振る。

「もういいんだ……さっき行ってきたし……」

「――っ、独りで外に出たのか？」

「ああ……けど途中で蒼真が来て、危ないから独りで出歩くなって言われて帰された。今後は気をつける」

紲は俯《うつむ》き加減で言うと、そのままベッドに戻っていく。

紲の中で話が完結してしまっていて、ルイは何も言えなくなった。

これで一つ、紲の希望を叶えられなかったことになる。

珍しく紲のほうから、「夜明け前に散歩に行かないか？」と、二人で一緒に歩くことを前提としての誘いがあったのに、叶えられなかった――。

「明日の早朝にでも……」

ルイは気を取り直してそう口にしたが、ベッドの中から返事はなかった。

しばらく待っていると、「寝るんだろ？　着替えてきたら？」とだけ言われる。

約束を破った自分はもう期待されていないのだと感じながら、バスルームに向かった。

実際のところ、女王の気まぐれで明日も呼びだしがあるかもしれない。永遠の命を持つ純血種の時間感覚はルイにも読めず、十数年もの空白が彼女にとっては「久しいな」の一言で済む程度のことであったりもするのだが、続く時は連日続くことになる。

女王にはルイ個人に対する愛情がないため、ルイが誰を愛そうとそんなことに興味を持ちはしない。ルイの父親が人間の女を娶《めと》ってヴァンピールにした時も一切干渉《かんしょう》せず、ルイと蒼真が赤眼の淫魔の奪い合いをしていると噂されていても、どうでもいいのだ。

しかしルイが女王を無視すれば、怒りの矛先《ほこさき》は間違いなく紲に向かうことになる。それ故《ゆえ》に大人しく従って、余計な干渉を避《さ》けるしかなかった。

「紲……」

着替えてベッドに近づくと、天蓋から下がるドレープの向こうに紲の足が見える。

自分のベッドに紲が居るという状況を目で確認するだけで、じわじわと胸が熱くなった。

守りたいものがなく、ただ義務だけで一族を守らなければならないと思っていた頃を思えば、今の苦しみには意味がある。紲のことで悩むこともあればつらいと感じることもあるけれど、それを上回る幸福を夢見ることができた。

「……女王と、どういう関係なのか……訊いてもいいか？」

「！」

紲は背中を向けて横になったまま、わずかに身じろぐ。

程なくして寝返りを打つように体を返し、仰向《あおむ》けのままルイを見上げた。

その瞬間、ルイは自分の心の中にあってはならない感情を見いだしてしまう。

恋愛というものは、世界を色鮮《いろあざ》やかに変えるほど美しく素晴らしいもののはずなのに、何故こんなにも心を醜《みにく》く濁らせるのか――胸の中には、紲に対して申し訳ないと思う気持ちの他に、わずかながら光明《こうみょう》があった。

紲に心配されたり、嫉妬されたりすること……そういった紲にとってよくない感情を、悦びと捉える心がある。安心できて頼りになる男でありたいと願っているにもかかわらず、感情は思わぬ方向に走りだしてしまうのだ。

「――最初の夜に話そうと思っていたのだが、話しそびれてしまった。取り立てて言うほどの関係ではないが、少し面倒なしがらみがある」

せめて、紲がこれ以上苦しまないようにしたいと思った。女王との関係を気にして嫉妬してくれたなら、自分はもう十分だから……あとは、紲の負担を軽減したい。

「女王は私の祖先と恋仲にあり、同じ姿と声を持つ私を話し相手にしている。一緒に酒を酌《く》み交《か》わしたりゲームに興じたりする程度のことで、深い関係ではない。他の貴族達は私のことを女王の愛人と位置づけているが、実状はまったく違う」

ルイは枕に頭を埋めている紲に語りかけ、亜麻色の髪に触れた。

同じ色の瞳が自分を見ていたが、そこにある感情は読み取れない。

普通の使役悪魔とは違い、何を考えているのかわからないからこそ惹かれ、常に翻弄《ほんろう》された。

「私が愛しているのは、お前だけだ……どうか私を信じてくれ」

「……女王に呼びだされて一緒に過ごすのは、つらいことか?」

紲は真っ直ぐに視線を向けたまま、予想外な質問をしてくる。

どう答えるのが的確なのかを考えながら、ルイは感情を隠そうと努めていた。

「お前との時間を奪われるという点で言えば、とてもつらい」

「一緒に過ごすこと自体は?」

すぐにまた訊き返され、ルイは無意識に苦笑する。

つらいに決まっていた……本当は逃げだしたいほど苦痛で、嫌で嫌で堪らない。けれどこうして心配してくれる恋人がいるなら耐えられる。愛の力は斯《か》くも偉大《いだい》だ——。

「スーラ一族の主に課せられた役目として、割り切っている。つらいと思ったことはない」

ルイは紲を安心させようとして、微笑みながら告げる。

その途端、紲は瞼を閉じた。

ルイの薬指の先に睫毛が当たり、二度三度と繰り返される瞬きを感じられる。

「……そうか……それならよかった……」

「心配してくれたのか?」

「——そうでもない……」

素直に言わないのは照れなのだろうと思うと、可愛くて堪らなかった。

ルイは紲の瞼に唇を寄せ、長い睫毛を啄《ついば》む。

この時間が残り二日で終わってしまうのかと思うと、酷《ひど》く複雑な気持ちだった。

今の幸福は確かにある。しかし紲の帰国後の淋しさは想像がつく。さらにその先には、番として共に暮らせる日々が待っている。どこに意識を寄せるかによって、感情は大きく揺れた。

言えるものなら、「このまま傍に居てくれ」と言ってしまいたい。

心に冷たい風が吹き込む隙間《すきま》がなくなるほど、紲との時間で埋め尽くしたい。

「仕事……みたいなことしてきて、疲れてないか？」

瞼やこめかみに口づけていると、紲は目を閉じたまま訊いてきた。

おもむろに上がった瞼の向こうには、やけに光る亜麻色の瞳がある。通常よりも水分が多く見え、蕩《とろ》けるように潤《うるお》っていた。

「疲れてなどいない。食餌《しょくじ》を済ませてきたからな」

「お前が疲れて帰ってきたら、俺の血で元気づけようかなとか……思ってた」

「その必要はない。それに……お前に痛い思いはさせたくないと言っただろう？」

「――そうか……」

約束を守れなかったのに怒りもせず、元気づけようなどと思って待っていてくれた紲の心に、ルイは胸を打たれる。

こんなに優しく思いやりのある恋人に恵まれた幸せを、どのように表現すればよいかわからないほど感無量だった。

「紲……私に望むことがあればなんでも言ってくれ。つらいことがあれば、どのように些細《ささい》なことでも私に打ち明けてくれ。お前の憂《うれ》いを払って、常によい環境を整えたい」

「随分と優しいんだな。人の都合なんかお構いなしに咬みついたり犯したりしてたのに」

「紲……？」

「なんか、もやもやするんだ……そういうの……」

紲が何を言っているのか、ルイには理解できなかった。

しかし紲が不満めいた感情を露《あら》わにしているのはわかる。

自分は今とても幸せなのに、紲はそうではないということだ。

紲は仰向けに寝た状態のまま、視線だけを明後日《あさって》のほうに向ける。

「もやもやするとは……どういう意味だ？　違和感を覚えるということか？」

機嫌が悪くなったように見えたが、変化の理由がルイには思い当らなかった。

「そんな感じかもしれない。蒼真が優しいと俺は普通に嬉しいのに、お前が優しいとあんまり嬉しくない。おかしいよな、こんなの……きっと俺が変なんだ。我儘なんだと思う……ごめん、わけわからないよな。お前が悪いわけじゃないから気にしないでくれ」

紲は少し早口に言うなり体ごと横向けて、上掛けを肩まで引き寄せる。

言葉以上に、背中が拒絶《きょぜつ》を示していた。誘惑の蜜林檎の香りもしない。

「紲……」

「――おやすみ」

紲はそれだけ言って、上掛けをさらに持ち上げる。耳すら見えなくなってしまった。

ルイは伸ばした手の行き場を失い、黙って紲の隣に横になる。

愛しい感触を失った手指を、天蓋の裏側に向けて翳《かざ》してみた。

この手で紲の体を摑み、首筋に咬みついて血を啜り、わざと痛みを与えたことがある。

使役悪魔が逆らえない貴族悪魔特有の威令《いれい》を使って、性行為を強要したこともあれば、手足を縛って無理やり犯したこともあった。

――長い間、私との忌《い》まわしい記憶に苛《さいな》まれてきたのだから……急に態度を変えたところで違和感を覚えたり抵抗を感じたりするのは当然だ。今以上に心を砕き……深い愛情で包んで、慈《いつく》しみ守り……慌てずに少しずつ痛みを取り除いていかなくては……。

ルイは過去に乱暴を働いた手を戒《いまし》めるように拳を握って、掌に爪を食い込ませる。

蒼真とは比較にならないほど気を配り、優しさで満たしていけば、いつかは愛に馴染《なじ》んで心から微笑んでくれると信じていた。そのための努力は惜しまない。身勝手な想いをぶつけ、一方的な要求をして紲を困らせたくなかった。「帰らないでくれ」などと、不用意に口にしてはいけないのだ。以前と何も変わらない強引な男だとは、思われたくなかった。

7

不意に目を覚ました紲は、隣で眠っているルイの顔を見つめる。

完全に遮光された部屋なので時間がよくわからなかったが、まだ午前中のような気がした。

疲れてはいないと言いながらも、ルイの寝顔には疲労の色が窺《うかが》える。

ともすればそれは気のせいで、実際には疲労の色などなく、疲れていて欲しいと願っている自分の目が、ありもしないものを捉えているだけなのかもしれない。

——俺は酷い恋人だな……お前が楽であることを、心から願ってはいないんだ……。

ルイのことになると、自分でも不思議なくらい残酷《ざんこく》になってしまう。

女王と過ごす時間がつらいものではないと聞いた時、妬《ねた》みと怒りが稲妻《いなずま》のように走った。

ルイにとってよいことを、自分のことのように喜んであげられない狭小《きょうしょう》な心に嫌気《いやけ》が差す。

そうしてただでさえ自己嫌悪に陥っているところに、今度は疑惑が生じてきて……本当は、ルイはつらい目に遭いながらも隠しているのではないかと思った。

事情を知っているうえに聡《さと》い蒼真が、「ルイ本人が一番つらい」と断定していたのだから、おそらくルイは女王との関係に苦しんでいる。けれどそれを自分には話してくれない。

それがルイの優しさや愛情だということはわかっても、では自分は彼にとって何者なのかと疑問が湧く。余計なことを考えてしまうのだ。

――俺はなんだ？　守ってやらないとすぐにどうにかなる……弱々しく頼りない人間か？　あとはなんだろう……使役悪魔にしては感情豊かで、いくらか面白みのあるダッチワイフか？

紲は眠っているルイを見下ろしながら、彼に向かって伸びそうな手を自分の体に向ける。放っておけば、あと二十年程度で寿命を迎える体――繁殖能力もなく、本来は貴族に仕えて生きるための体だ。威令を使って命じられれば逆らえず、あのクレマンのように……ルイにも蒼真にも相手にされない使役悪魔。死んでも誰も気にしない、ただの働き蜂――。

――俺は亜種だったから……普通の人間として育って、使役悪魔として持っているべき使役本能がない。だから特別扱いされてきた。二人に出会うまでは普通の人間にも犯されるくらい軟弱《なんじゃく》な身で……今だって独りで生きていくのは難しいってわかってる。対等でありたいなんて思うほうが烏滸《おこ》がましいんだ……。

それでも、心には人間としての想いが宿る。

持ち得る力とは無関係に、人と人として支え合い、尊重し合っていたかった。

少なくとも蒼真とはそれができた。彼のほうが強いけれど、紲のほうが得意なこともある。守られる代わりに世話をしてきた。決して仕えていたわけではなく、お互いにそうしたいと思って自然に相手を思いやることができた。

──ルイだって俺を守ってくれる……俺は素直に感謝して、ルイの世話をして……それで、ルイの望み通りに笑って癒やせばいいのか？　そこに俺らしさはあるのか？　好かれてるのはわかるけど、俺である必要性が見えてこない……。

ルイの寝顔を見つめながら考え込んでいると、漆黒《しっこく》の睫毛が俄《にわか》に震えた。

ガレのランプが灯る寝室は仄暗《ほのぐら》かったが、瞼の下から現われた瞳の色はよく見える。

まるでラピスラズリのようだった。人間時のルイの瞳は、虹彩に金が混じった紺碧だ。

「──紲……眠れないのか？」

起こしてごめん──そう言いかけた紲は、黙って首を横に振る。

たった今まで重たい感情に囚われていたのに、ルイと目を合わせると風向きが変わるように気分も変わっていく。やはり、自分はこの男を愛しているのだと思った。

ルイの苦痛や不幸を願う気持ちなど微塵《みじん》もない。時に嫉妬は稲妻のように激しく心を裂くけれど、それは常駐《じょうちゅう》する感情ではないのだ。ルイに優しくしたい……彼を守り、誰よりも幸せにしたいという願望は、自分の中に強く存在している。

「ルイ……少し、歩いてきてもいいか？　城の中を……」

紲は独りで頭を冷やしたくて、ルイにそう言った。

普通の人間として育った自分の価値観と、淫魔としての生きにくい体、生物として圧倒的に優位にある貴族悪魔の恋人との付き合いかたについて、冷静になって考えたかった。お互いに愛し合い、幸福を願っていることに変わりはないのだから、答えはきっと見えてくるはずだ。

「そう言えば城内をほとんど案内していなかったな。私の留守中に独りで見て回ったりはしていないのか？」

「ああ……うん、他人様《ひと》の家を勝手にあちこち見るのは……日本人的にはないから」

「他人様などと言わないでくれ――私の物はお前の物でもある。今から案内しよう」

ルイが起き上がろうとするので、紲は慌《あわ》てて肩を押す。

ほんの少し触れるだけで静電気が走ったように体が反応し、ルイに触れているということをこれでもかとばかりに感じられた。

「紲……？」

「いいんだ……独りで……たぶんまだ午前中だし、寝ててくれ」

「――室内で受ける陽射《ひざ》しはそれほど障《さわ》りにはならない。一緒に行こう」

「いや、なんて言うか……探検したい気分、みたいな……だから独りで行ってくる」

ルイの体に触れるのは、さりげない行為では済まない。

それは恋愛感情が存在する証拠《しょうこ》でもあるけれど、一緒に居ることがまだ自然ではないということでもある。新鮮《しんせん》と捉えるか、ぎこちないと捉えるかは自分次第だ。紲は前向きに考えて、お互いの気持ちを摺《す》り合《あ》わせたいと思った。そのためにほんの少し、独りの時間が欲しかった。

「どこを見ても構わんが、案内する私の愉しみを残す程度にしておいてくれ」

ルイが微笑むので、紲も釣られて笑う。

自分達は上手くいっている──そう思える瞬間は素直に嬉しい。

「お前がこの城に居る間に、一度きちんと案内しよう」

ルイは口角をほんの少し持ち上げたまま言って、さらに「滞在期間も、残りわずかになってしまったな」と付け足した。そこには確かに淋《さび》しさがある。惜《お》しむ気持ちがある。

──……けど……予定通り帰す気なんだ……。

紲はベッドからふらりと下りて、室内履《ば》きに足を通す。

この世に生を受けて百年。他人の言葉に一喜一憂《いっきいちゆう》しなくてもいいほど長生きしてきたのに、ルイの言葉にはいちいち反応してしまう。浮き沈みが激し過ぎて、苦しくてならなかった。


城の中でも寒いので、ブルゾンを着てポケットに携帯電話と指輪ケースを入れて寝室を出た紲は、城の階段ホールに足を踏み入れた。

石造りの欄干《らんかん》には薔薇の花が彫《ほ》り込《こ》まれ、花弁《かべん》の一枚一枚がふっくらとした立体感を持っている。石で出来ているとは到底思えなかった。

紲は軽井沢の屋敷を一人で掃除しているため、つい細かい所にも目が行くが、この城は隅々まで清掃が行き届いている。男の虜ばかり、百人以上も住み込んでいるという話だった。

階段を一階まで下りると、どことなく虚《うつ》ろな目をした青年達が床を磨いたり彫像《ちょうぞう》の埃《ほこり》取りをしたりと、清掃作業に励んでいる。今は午前十一時――日中はほとんど眠っている主のために、彼らは極力音を立てずに働いていた。

虜もルイの眷属の一種ではあるが、血族ではない。クレマンのような使役悪魔とは違って、彼らは元々普通の人間だった。事故や病で死にかけているところをルイに咬まれ、貴族悪魔の血と毒を与えられて虜にされた。魂も意思もなく主に仕え、老いて死んでいく運命にある。

黙々《もくもく》と床を磨く姿は奴隷のようにしか見えず、果たして死ぬよりもましだったのかどうか、疑問に感じてしまう有様だ。

しかしそんなことを考えるのは意思のある者の傲慢《ごうまん》に過ぎないのだろう。

動く死体同様の彼らには、自らの存在理由について思い巡らす余地などないのだ。

紲は階段を一段一段磨いている虜の前に立ち、道を譲《ゆず》られるまま一階の床まで下りる。

気分転換をして頭を冷やし、ルイとの未来を前向きに考えようとしたのに、虜を見ていたらますます気鬱《きうつ》になってしまった。

壮大な階段室から一階の廊下に出た紲は、吹き抜けの大サロンや控えの間を通って、クリスタルのシャンデリアや荘厳《そうごん》な天井画を見ながら歩く。海外の城を見学する機会はこれまでにも何度かあったが、庶民《しょみん》の目線で常に考えることは、どれだけ多くの人の手が入っているのかということと、同じ人間とは思えない極端《きょくたん》な力の差についてだった。

比較的慎《つつ》ましい日本では貧富《ひんぷ》の差に愕然《がくぜん》とするようなことはそれほどないため、これでもかこれでもかとばかりに富と権力を主張する城という建物に、悪い意味で圧倒される。

もちろん美しいとは思うのだが、隙間を作ってはいけないルールでもあるのかと思うほど金装飾で埋め尽くされたロココ調のサロンに居ると、目が疲れて悪酔いした。

小サロンに至っては金張りの漆喰《しっくい》天井で、扉の上には、いったいどうやって作ったのか考え込んでしまうほど巨大な女神像が横たわっている。金の飾り彫刻《ちょうこく》は他にも多数あり、吸血鬼の城にもかかわらず天使や十字架がモチーフになっている物も多かった。

――これってルイの父親の趣味なんだよな……ルイの寝室は華美じゃないし。温かみのある寄木細工の床と、珪藻土で塗り固められた壁、アンティークの調度品……火器は一切使わず、循環《じゅんかん》オイルヒーター完備……化学物質の臭いもしないし、リネンはすべて正絹《しょうけん》で……タオルはオーガニックコットン……でもルイってそんなエコナチュラルなタイプじゃないよな？　ハイブランドのオートクチュールで固めてるし、リアルファーもたくさん持ってる……。

紲は鍵《かぎ》のかかっていない部屋を次々と見ながら、ルイの寝室が自分好みの軽井沢の家に少し似ていることに気づく。

今のルイの態度なら、あえてそのように設えてくれたという可能性も考えられなくはないが、それにしては奇妙《きみょう》だった。ルイが十二月に日本に来てあの家を見てから、まだ一ヶ月少々しか経っていない。

リネンやタオルはすぐに用意できるとしても、あの寝室の設備は少なくとも数年前から今の状態だったと考えられるため、何故自分の好みと一致しているのかわからなかった。ルイは蒼真とも仲違《なかたが》いしていたので、蒼真から話が漏れたとも考えにくい。

――あ……そうか……ルイは調香師としての俺を知ってたんだっけ？　インタビュー形式のロングプロフィールとか、いつだったか記念誌に載ったような気がする……。

紲は実年齢百歳だが、八十代の日本人調香師として別の名前と戸籍《こせき》を使っており、大手香料会社『le lien』と専属契約を結んでいる。

ルイは紲の作った香水を、「必ず手に入れている」と言っていたので、紲が年相応な振りをして答えたインタビュー記事を目にしていたとも考えられる。香り創作への想いはもちろん、食の好みやライフスタイルについても答えた記憶があった。

――十二月に日本に来た時……言われたんだ。成田での別れ際、急に仕事の話をされて……あの時はさらっと聞き流してたけど、ルイはなんで俺の別名を知ってたんだ？　まあ……ホーネット教会が把握《はあく》してることだから知っててもおかしくはないのかもしれないけど、ちょっと間違えたらストーカーみたいだよな……。

絢爛豪華《けんらんごうか》な城に目が慣れてきて、紲は適当に視線を泳がせながら食堂を抜ける。

少しほっとできたのは厨房で、きらびやかな装飾は一切なく、磨き抜かれた鍋《なべ》が整然と並べられていた。年代物のオーブンや調理台は今でも使っている形跡《けいせき》があったが、中世の香り漂う銅鍋などはほとんど見当たらない。新しく機能的な鍋や調理器具が目立っていた。

観光で古城を見学する際に、展示の都合上現代的な照明器具や案内パネルが目に入ることがあるが、どことなくそういった違和感に近いものがある。

しかし実際にこの城で、現代社会に合わせた仕事をしながら衣服も時代に合わせて生活しているのだから、すべて昔のままというわけにはいかないのもわかる。

――そう言えばルイはどこで仕事してるんだ？　会社経営してるんだっけ？　そういうこと、何も訊かないよな俺……ルイも話さないし……。

紲は厨房を出てから地下に続く階段を下り、城濠と繋がる屋内水門と水車を眺《なが》めた。

地下とはいえ湖よりは高く、門の向こうからは陽射しを跳ね返す穏やかな水面が見える。

好奇心に駆られた紲は、縄《なわ》で繋がれた小舟に慎重に乗ってみた。シートの上に腰かける。

固定されていて漕《こ》げないが、オールのグリップを握ると少しだけテンションが上がった。

黄金やクリスタルの輝きよりも遥かに魅力的《みりょくてき》に見える湖面のきらめきも手伝って、ようやく気持ちが晴れてくる。

――ルイのこと、知らないことだらけだ。体とか匂いで語り合うばっかりじゃなく、もっとちゃんと、口で話し合わないと……。

紲はわずかに揺れる小舟の上で、フウッと息をつく。

悪魔であることに頼らず人と人として会話して、相手を理解することから始めるべきではないかと思った。出会ったばかりの頃はお互いに性的な行為を心底憎悪していたので、精神的な繋がりや会話がきちんとできていたのだ。

紲はルイの香りに恋をし、姿形にも惹かれたが、それだけで体を開いたわけではない。彼の繊細《せんさい》さや孤独に触れて、生まれて初めて欲しいと思ったのだ。誤解による決裂と、その後の長い年月を経てどう接してよいかわからなくなってしまったが……あの時の気持ちに立ち返って、心の赴《おもむ》くままになんでも訊き、ひとつひとつ知っていけばいい——。

「！」

古い小舟に乗っていると、背後から蝶番《ちょうつがい》の軋《きし》む音が聞こえてくる。

振り返ると扉が開き、壮年の男の虜が入ってきた。紲に気づくと足を止めて、「清掃に参りましたが、後回しに致しますか？」と訊いてくる。手には金属製のバケツを持っていた。

「いや、もう行くから……予定通りに、お願いします……」

紲は少し急ぎながらも、水に落ちないよう注意して舟から降りる。水中から地下一階の床に繋がる階段に足を移し、清掃に来た虜の横を通り過ぎた。

彼は紲に対して恭《うやうや》しく頭を下げ、バケツを手にしたまま水門のほうに歩きだす。

虜として別段おかしなところなどない、ごく普通の動作だったが……その瞬間、紲は鼻腔《びこう》に引っかかる匂いを感じた。

「——っ、え？」

思わず声を漏らし、振り返ってみる。

しかし虜は黙々と歩いていき、決められている作業を行おうとしていた。

紲は恐る恐る彼の背中を追って、普段は落としている嗅覚の感度を上げる。

そうした時にはすでに、嗅ぎ取った匂いがなんであるかを脳がはっきりと認識していた。

――今、確かに……『黎明の森』の匂いがした……何故だ？　発売前の新作なのに……。

それを虜に訊いたところで答えは返ってこない気がして、紲は黙って彼に近づく。

意識を鼻に集中させると、湖水や森の空気や小舟の匂いに混じって、合成香料と天然香料が織りなす複雑な香階《こうかい》が聴こえてくる。

メロンやオレンジ、オゾン、セダーの木の香り、そして軽めのムスクで構成された瑞々しい香りは、間違いなく自分の作品だ。

六十年もの間、調香師として専属契約を結んできた『le lien』の依頼で作った物で、初夏に発売される予定になっているオー・ド・パルファンだ。女性的で柔らかなグリーン・ノートに海辺の夜明けをイメージしたマリーン・ノートを取り入れ、商業的コストを考えて合成香料も一定量使ってあった。

「ここの前に……っ、どこを掃除してたんだ⁉　そこに案内してくれ！」

紲は水門の掃除を始めようとしている虜の腕を摑み、彼の体を揺さぶる。

急激な興奮と、匂いを嗅ぎ分けようとする想いのせいで、いつの間にか悪魔化していた。

紲は蜥蜴の尻尾によく似た黒い尾を、虜が腰に下げている鍵束に絡める。それをジャラッと鳴らして急かすと、たちまち疼痛が左目を襲《おそ》った。

「——っ、う……痛っ、う……！」

こんな時に何故また——そう思って左半面を押さえた時、この痛みが悪魔化している時にだけ起きていることに気づかされる。起きない時もあり、痛みの度合いや引くまでの時間もその時々違っていたが、痛むのはいつも淫魔に変容した時——必ず左目だった。

「ルイ様にお知らせしますか？」

「……いい、知らせるな……っ、掃除を……続けていい……っ、鍵だけ……」

紲は眼球《がんきゅう》を摑まれるような痛みに耐えながら、虜から鍵を奪う。

特に抵抗されることはなく、彼はそのまま作業に戻った。

紲は転がるような勢いで水門を後にし、地下一階の廊下に出る。

悪魔化したことで嗅覚が格段によくなって、『黎明の森』に続く道しるべが目に見えるようだった。左目の痛みは一歩進むごとに弱まっていき、地下一階の最奥の鉄扉まで辿り着いた時には気にならない程度まで治まる。毎回この調子なのであまり構わずにやり過ごしてきたが、さすがに誰かに相談したほうがいいような気がした。ルイか蒼真か、どちらかに——。

——そんなことより今は……この香りを……っ！

紲は押さえていた左目の瞼から手を離すと、鍵束に鼻を寄せる。

数十本ある鍵にはそれぞれ特徴があったが、視覚には頼らなかった。意識を集中して匂いを嗅ぎ、『黎明の森』の香り成分がもっとも多く付着している鍵を選びだす。

「……当たった」

鉄扉の施錠《せじょう》は難なく解《と》け、両開きの扉の片方を開くと、その先に近代的な通路が見えた。

天上に埋め込まれたダウンライトはセンサー式になっていて、勝手に点灯する。

通路の幅は大人が両手を広げて二人並べるくらいで、左右にはそれぞれ二つの扉があった。

壁も天井も無駄な装飾はなく、扉に至っては病院のスライドドアに似た作りになっている。

重厚感があって上質な品ではあるが、機能性重視といった風情で、この城の雰囲気とはかけ離れていた。かと言ってルイの寝室のような温もりやナチュラル感のある物ではなく、印象としては近代的なオフィスだ。漂う香水の香りを除けば、臭気的にもイメージと合っている。

――普段ここで仕事を……してるのか?

紲は通路の正面にある扉に向かい、『黎明の森』以外の自分の香水と、ルイの残り香を感じ取る。誰も居ないことはわかっているのでノックはせずに扉を開けると、開放的な空間が目の前に広がった。窓がなく真っ暗だが、悪魔化しているので目が利《き》く。

デスクとパソコン、リクライニングチェアとオットマン。壁一面を覆う書棚の中の本には、統一された黒革のカバーがかけられ、タイトルは箔押《はくお》しされている。徹底《てってい》したモノクロームの世界だった。その中で異彩《いさい》を放っているのは、百種類を超える香水が保管された硝子棚――。

——過去の物だけじゃない……この匂い……っ！

紲は暗がりの中を駆け抜け、硝子棚ではなくデスクに飛びつく。

そこには『黎明の森』が入った試験管がビニールパックに収まった状態で置いてあり、配合組成の書かれた処方箋《しょほうせん》も添えられていた。

すぐ横には、ムイエットと呼ばれる細長い吸い取り紙を収納する硝子シャーレがある。

試験管にはサンプルナンバーと調香師の署名が入ったシールが貼りつけられていて、香具山紲という名前ではないものの、間違いなく紲が書いた文字だった。

フランスにある『le lien』本社の香料研究所宛てに空輸したサンプルのうちの一つ——社のオーナーに送られると言われているサンプルナンバー1が、何故かここにある。

「まさか……っ、そんな……嘘だろ……」

紲は声を出したのか心で喋《しゃべ》っているのかわからなくなるほど動揺し、デスクの上にある物をひとつひとつ、しかし急いで注視する。そして瀟洒《しょうしゃ》なブックエンドで立たされている何冊かの本の中から、スケッチブックを手に取った。

「——っ！」

暗がりの中で赤い瞳の力を使っていた紲は、もっとよく見たくなってスタンドに手を伸ばす。

デスクスタンドを点けたことにより明瞭《めいりょう》になったのは、香水瓶《びん》のラフ画だった。『黎明の森』の物と思われるラフの他に、一つ前に発売された物もあればその一つ前の物もある。

――『le lien』の商品だけじゃない……子会社のほうで作った香水のボトルも……箱のラフまである。なんなんだよこれ……俺が二つの会社で作ってきた香水のボトルと箱は、ルイが、ルイがデザインしてたのか？　こんなにたくさん？　まさか六十年前から、全部……？

全身から冷や汗が噴きだす感覚に襲われ、スケッチブックを捲《めく》る手が震えだす。

そんなことは考えたこともなかった。いくら証拠の品々を見ても、俄には信じられない。

香水という商品はテレビやポスターで匂いそのものを届けることはできないため、ボトルのデザインや広告が売り上げを大きく左右する。実際の商品の魅力を、視覚に訴えるよう上手く表現することができなければ、調香師がどれほど素晴らしい香りを作っても市場では勝てない。香水専門サロンに通って、じっくりと試しながら購入する時代とは違うのだ。

――いつも……俺の頭の中を覗いてるのかと思うくらい、ぴったりのボトルを……広告も、キャッチコピーやCM音源も全部……箱の色も材質も、ディスペンサーの性能まで……いつも完璧だった。コストより俺の意見を重視してくれて、気持ちよく仕事させてもらって……。

紲はスケッチブックを閉じて胸に抱き、真横の壁に目を向ける。

硝子棚の中に、個々の透明ケースに収められた百種類以上の香水が並んでいた。

大規模流通網に乗せる『le lien』の香水だけではなく、紲が若手調香師として別名で作ったニッチ系香水もある。コストや香料在庫のことをほとんど考えず、裕福な香水愛好家を対象として作る、天然香料のみを使った高価なエクストレが中心だった。

紲と『le lien』の出会いは、六十年前――ルイと別れた五年後で、蒼真の番になった紲はグラースで本格的な調香技術を学んでいた。当時、経営者が変わって社名変更したばかりの香水会社『le lien』から専属契約の誘いを受けた紲は、実年齢よりも若い二十代の日本人調香師として『le lien』と契約を結び、現在に至っている。他の会社からも打診はあったが、日本語が堪能《たんのう》なスタッフを揃えて迎えてくれたのは『le lien』だけだった。

――あの頃は……直接会ったり、電話や手紙でやり取りしてた。年を取らないことを隠さなきゃいけなかったから、途中からはＦＡＸになったりメールになったり……俺はこの六十年間ずっと……何人ものデザイナーさんと打ち合わせしてきたんだ。直接会った相手は普通の人間だったし……声も字も様々だったけど……そんなのは社員や眷属を使えば済む。実際、妙ではあったんだ……デザイナーが変わってもクオリティは一定で統一感があって……すぐに要領を得て……。

紲はスケッチブックをもう一度開き、先程よりも入念にラフ画を確認する。

紲が受け取った物には日本語で指定が入っていたが、このラフの走り書きの多くはフランス語だった。紲が見たことのない、没《ぼつ》になったと思われる物や彩色されている物もあり、どれも丁寧に描かれている。アイデアを書き込んだ文字からも、デザイナーの情熱が感じられた。

『お前が作る香水は必ず手に入れている。愛の結晶《けっしょう》のような、子供のような存在に感じられて、ひとつひとつ大切に想っている――』

ルイの言葉が、ルイの声で再生される。

彼は確かにそう言ったのだ。つい先日、成田で別れた際に――。

その時は深く考えず、自分の作る香水をそんなに好んでくれていたのかと単純に喜んでいたけれど……そんなものではなかった。本当に我が子のように、力を合わせて作ってきたのだ。

嗅覚と視覚に訴える、切っても切り離せない香水のマリアージュを、六十年間ずっと――。

――繁殖の邪魔をして……スーラ一族を衰退に導く存在でしかないと思ってた……気持ちのうえでは育むものがあっても、実際にはマイナスばかりの関係だって……思ってた……。

スケッチブックを閉じると、全身の力が抜けていく。

六十年は長過ぎて、重過ぎて、正気で立ち続けてはいられなかった。

意図せず椅子に腰かけてしまい、半ば放心状態でデスクの上を見ると、自分の写真が飾ってあることに気づく。

ホーネット教会に使役悪魔として登録した時の物で、愛想の欠片もない写真だった。

――どうして……もっと早く……っ、どうして……もっと優しく……っ！

意地を張らずに許せばよかった。

愛しているという自覚があったのに、あまりにも長い間、忘れた振りをして逃げてしまった。

自分が『le lien』のデザイナー宛てに送った礼状やクリスマスカードを、ルイはこの冷たい表情を見ながら読んでいたのだろうか……鍵のついたデスクの抽斗の中には、そういった物が入っていたりするのかもしれない。蒼真と楽しく暮らしていた自分を、ルイはここからたった独りで、どんな想いで見守っていてくれていたのか……自分にはとても耐えられそうになくて、想像すら追いつかない――。

「――っ、う……」

唇を潰すほど押さえつけなければ、嗚咽《おえつ》が漏れてしまう。

こんなに愛してくれていたのに、また間違いを犯そうとしていた。

自分の個性も能力も、きちんと認められていた。それを誰よりも生かしてくれていたのに、彼の愛を疑った。弱者として卑下《ひげ》されていると解釈し、拗《す》ねてつれない態度を――。

――日本で別れた時もそうだ。ヴァンピールにしたいって……あんなに熱烈に言われたのに、我儘を押し通して延期してもらって……また、ルイを独りにした……。

ルイに会いたくて会いたくて倒れるほど香水作りに専念したけれど、それでも自分の傍には蒼真が居た……共に食事を摂《と》り、時には笑って話せる相手が居た。けれどルイには誰も居ない。機械仕掛けのような虜に囲まれ、不自由なく暮らせているというだけ――。

「……っ！」

声を殺して涙を拭《ぬぐ》っていると、石床を歩く音が聞こえてくる。

人間になっていたら気づかなかったかもしれないが、悪魔化している今は聴覚も鋭くなっていた。だからわかる。この足音がルイのものだと、すぐにわかって確信を持てる。

鉄扉が開かれ、ルイが通路を歩いてきた。顔を合わせたら、何もかも知ってしまったことが明らかになるだろう。気づかなかったことにはできず、彼にしても誤魔化《ごまか》しようがない。

「──紲っ」

「ルイ……」

これまで安定していた関係が変わるというのは、怖いものだと思った。

ルイが告白できずにいたのも、もしかしたらそういう事情があるのかもしれないと考えると、勢いで詰め寄ることもできない。何を言えばいいのかわからなくなっていく。

「一部の虜しか入れぬよう、結界を張ってあったのに……」

眠っていたはずのルイは、すでに着替えて落ち着いた表情をしていた。

紲が結界の中に入ったことに気づいていたらしく、その時点でもう、慌てても仕方がないとわかっていたのだろう。

「私の指輪を嵌めていたのか？」

大切な物を失ったような、酷く切ない表情で問われた。ルイの視線が指に向かってくる。

「……っ、嵌めてはいないけど、持ってはいる。何かあった時のためにと思って……」

紲はデスクの前の椅子から立ち上がり、ブルゾンのポケットに触れた。

指輪を持っていたために結界を破ってここまで入れたようだったが、使役悪魔は弾かれない限り結界の有無がわからないので、破ったという実感はなかった。

「——もう何もかも知ってしまったのだろう？　弁解するつもりはないが、悪気があってしたことではない……許してくれ」

「……っ」

ルイはデスクに近づき、スタンドの灯りに照らされるスケッチブックに触れる。それを元の場所に戻すと、凍りついたような無表情で立ち尽くした。紺と目を合わせることすらしない。

「どうして、謝るんだ？　俺のこと……六十年もの間、ずっと……」

「お前のためにしたことではないからだ」

「……え？」

「私が耐えられなかっただけ……どうしても繋がりが欲しくて、こんな手を使うしかなかった。お前に好意を向けてもらえる立場になりたくて、騙《だま》すような真似を……」

ルイはようやく視線を合わせたが、紺碧の瞳は喪失感《そうしつかん》に打ちひしがれていた。涙の膜《まく》が光り、それが粒《つぶ》となって落涙するのを堪えているのがわかる。

ルイの喪失感とは比べものにならなかったが、似た感情は紺の中にもあった。

騙されていたと言ってしまえばそれまでだが、知らなかったからこそ、なんのわだかまりもなく『le lien』のデザイナーとやり取りすることができた。ルイにも蒼真にも見せることのない、調香師の自分として——。真実を知ってしまった以上、これから同じことをするとしても対応は違ってくる。雑念《ざつねん》が割り込む余地のない、仕事のみの関係には決してなれない。

「お前は……俺のためじゃないって言うけど、俺は……感謝してるよ」

「——っ、紲……」

「騙されたなんて思ってない。びっくりしてるけど、でも……言葉では上手く言えないけど、お前と一緒に作り上げてきた物が……ちゃんと形になってることも、お前がずっと俺のことを考えてくれてたってことも、凄く嬉しいと思ってる……だから、謝らないでくれ……っ」

紲はデスクの反対側に回って、ルイと向かい合う。

両手の行き場に迷い、尾も垂れて無意味に揺れるばかりだった。

迂闊《うかつ》に触れたら涙が落ちそうなルイの瞳は、それでも辛《かろ》うじて涙を零しはしない。対して自分は、いつの間にか泣いていた。頬を濡らし、顎から首まで伝うほど涙する。

「……っ、お前の我慢に比べたら……俺は、堪え性がないな……」

「紲……」

「そんなに我慢しないでくれ……俺と繋がりを持ちたいと思うなら、無理やりでも持ってくれ。俺は……こっちに来てから不安なことばっかりだ……お前が好意を向けてくれることに自分がどれだけ甘えていたか、思い知らされる……っ」

ルイの指先が頬に触れ、涙をそっと押さえられる。

彼は泣いてはいないと思うが、視界が滲《にじ》んでよくわからなかった。唯一の灯りが星のように四方八方に光を伸ばし、いくら視力が上がっていてもろくろく見えない。

「――私が堪えずに欲望を剝《む》きだしにすれば、お前をまた傷つけてしまう……愛しているなら、大切にするべきだと今は思っている。同じ過《あやま》ちを繰り返さないために、自制は必要だ」

ルイの両手で頬を包み込まれ、冷たい唇でキスをされる。

触れ合うだけのキスでは、漏れる泣き声を止められなかった。呼吸は乱れ、息が詰まる。

「そのように泣かないでくれ……ここに来てから不安を感じるというのは、どういう意味だ？　私の愛しかたは間違っているか？　私にどうして欲しい？」

「俺が……どうして欲しいとかじゃなくて……っ、お前は俺にどうしたいんだ？　俺はお前の本音が聞きたいんだ。お前の本気が見たいんだ！」

「……っ」

紲はルイの手や唇が温まる前に身を引き、両手で髪を引っ掴む。

落ち着け、落ち着け――と自分に言い聞かせても昂る感情が抑え切れなくなり、鞭のようにしなる尾でデスクの表面を叩き打った。頭の中で何かが爆発して、真っ赤に滾《たぎ》るマグマが勢いよく流れだす。それは冷静に整理する間もなく口から飛びだし、相手への労わりの欠片《かけら》もない剝きだしの言葉に変わってしまいそうだった。

「堪えられるってことは、堪えられる程度なのかとか……俺はリミット外れたお前を知ってるから、今の状態が冷静に見えたりするんだ！　理由があるのはわかってるけど、蒼真の指輪を外せとか言わないしっ、蒼真に会ったことを笑って話せるようになってる！」

やめろ、もう黙れ——自分の声で確かに制止がかかるのに、迸《ほとばし》る憂憤《ゆうふん》が止められない。

最早ルイの顔を見ていられず、紲は頭を掻《か》き毟《むし》るようにしながら床を睨み据《す》えた。

「お前と蒼真の関係が修復されたこととか、心から嬉しいと思ってるよ！　けど、お前が全然嫉妬してくれないと不安になるし、血を吸わないと生きていけないのに俺の血は吸わないしっ、お前はいちいちまともな理由をつけてくるけど、結局それって我慢できてるってことだろ⁉　理性的でいられるくらい落ち着いたってことだろ⁉　狩りみたいに、逃げる俺を追い駆けてるうちが一番楽しかったんじゃないか？　手に入ったらそんなに興奮しなくなって……それで、俺はいつか……やっぱり飽きられて……っ、けどその頃には俺はヴァンピールになってるから、お前の匂いが薄まってることにも気づけなくて……」

「紲！」

体から骨が抜けたように立っていられなくなり、がくんと倒れかけた時にはルイの腕の中に居た。血が巡り過ぎて痛みさえ覚える頭を、ひんやりと冷たい首筋に寄せられる——。

「お前は優しいから、約束通り俺の作った香水を毎日着けてくれるかもしれないけど……俺はきっと疑い続ける。本当はもう、俺を求める匂いは……香ってないんじゃないかって……」

涙が止まらなくて、ルイのシャツにじわじわと沁みていく。

泣けば泣くほど強くなる抱擁《ほうよう》に縋り、紲は唇を引き結んだ。怒濤《どとう》のような感情の流れは堰《せ》き止められ、涙だけが溢れていく。

過去にどれほど深く愛されようと、それが永遠に続くとは限らない。ヴァンピールになればルイと同じ時間を生きることになり、あと千年近くも一緒に居ることになるのだ。

想いを確かめ合ってから三週間会わなかっただけで、ルイの態度に冷静さを感じてしまった紲には、この先が不安でならなかった。ルイに血を吸われる虜にも、彼を呼びつける女王にも嫉妬している。自分はこんなにルイに夢中で、ルイが欲しくて堪らないのに、先に冷められてしまったらやり切れない――。

「紲……不安な想いをさせたことは謝る。私は……お前が会いにきてくれたことが嬉しくて、あまりにも嬉し過ぎて、それ以上の贅沢など望めなかった。身勝手な感情を押しつけてお前を困らせたら、いつまでも成長しない男だと呆《あき》れられてしまうと思ったからだ」

紲はルイに抱かれて、柔らかな革のリクライニングシートの上に下ろされる。

激昂《げっこう》し過ぎて気力が削《そ》げてしまい、くたりと横たわるとブルゾンを脱がされた。完全に袖《そで》を抜かれ、インナーの襟元《えりもと》を開かれる。

「ルイ……ごめん、大声で怒鳴ったりして……普通に、喋れなかった」

「構わん。こんなに情熱的で我儘な恋人を持って、私は本当に幸せだ」

ルイはそう言いながら瞼を閉じて、一秒後にゆっくりと開く。

紺碧の瞳は紫に変わり、仄灯りの中で光を帯びた。唇の向こうには鋭い牙が覗いて、それと同時に薔薇の匂いが一気に高まる。

「――ルイ……」

「人間にはならずに、そのままでいてくれ」

紲は彼の養分になるべく変容しようとしたが、ルイの手で尾を摑まれた。淫魔の状態の紲の血を吸っても有効成分はほとんど摂取できないにもかかわらず、彼は首筋に唇を寄せてくる。

「お前は一切の理性を失った私を知っているつもりでいるようだが、そのような状態になったことは一度もない。お前がこうして生きていることが、その証拠だ」

「――っ、あ……」

頸動脈の上を、二本の牙が滑《なめ》らかに滑っていく。

肌にかかる吐息も人間的な温度ではなく、ルイに触れられていることを実感できた。

「愛しい者の血は身も心も蕩けるように甘く……強い理性で抑えなければ死ぬまで吸い続けてしまう。人間のお前を咬む時は特に恐ろしい。気づいた時にはお前が死んでいたらと思うと、いつだって怖かった」

――お前にならい殺されてもいい……吸われる俺にとっても、吸血は甘い誘惑だ……。

ルイの香りの一部になれるなら、砕け散っても構わなかった。

夢見る現実の永遠は不安定で、いっそのこと彼の血肉になって一緒に居たいとさえ思う。

「紲……私の本気は危険過ぎて見せられないが、本音は言わせてもらおう」

今にも食い破られそうな肌を官能で粟立てながら、紲はルイの瞳に囚われる。

むせ返るような薔薇の香りに、ホワイトフローラルと蜜林檎の香りが混ざっていた。清純《せいじゅん》を装った白い花弁が真紅に染め抜かれ、黄金色《こがねいろ》の重たい蜜の中に埋め込まれていく。

「蒼真とすぐに別れて、私の番になってくれ」

「……ルイ……ッ」

「私の匂いに似た香水を作りたいという、お前の気持ちは理解しているつもりだ。だがそれは、この城でやってくれ……っ、これ以上離れていたくない……！」

紲に触発されたように、ルイは声を荒らげる。

その勢いは行動にも表れ、ボタンが弾け飛ぶほど荒々しく紲のシャツを裂いた。

「こんなに愛し合っているのに、何故他の男にお前を任せなければならないのだ⁉　お前が蒼真の精液を口にして生きているのかと思うと……腹立たしくて気が狂いそうになる！　お前を連れ帰らなかったことを、ずっと後悔していた！」

「——ル、イ……ッ……あ、うぁ……あ——っ！」

怒号《どごう》と魂の叫びを浴びながら、紲はルイの牙に貫かれる。

張り詰めた皮膚に穴を開けられ、筋肉が痙攣《けいれん》するほどの痛みに襲われた。

「……っ、う、く……ぁ……っ！」

毒蛇《どくへび》の管牙と同じ構造の牙から、吸血鬼の毒を注入される。普通の人間ならば意識を失い、痛みなど感じなくなるほど強い毒——けれど混血悪魔の紲には半分程度しか効かず、心に羽が生えたように解放的な気分になる。消え切らない痛みは、甚《いた》く扇情的《せんじょうてき》な痺《しび》れに変わった。

「……っ、その言葉が……聞きたかった……」

まだ正気でいられるうちに、紲はルイに告げる。

牙は深く刺さったままで、血は抜かれていない。

ルイの背中に触れると、血を吸う直前の体が興奮しているのがわかった。

全身がドクドクと脈打つ熱っぽい変化とは裏腹に、冷温のローズ・ドゥ・メが匂い立つ。

「ルイ……ッ、ルイ……お前に、求められて……いたいんだ……っ」

「――ッ……!」

「う、あぁ……あ――っ!」

唇を押し当てたまま牙を抜かれ、二つの傷から血液が一気に噴きだしていく。

毒が麻酔《ますい》として効いて、痛みはほとんどなかった。血が抜ける感覚だけがあり、視界が赤い色で塗り潰される。実際には一滴《いってき》たりとも零されてはいない。鮮血はルイの喉を勢いよく打ち、そのままごくごくと喉を鳴らして飲み干された。

「……は、ぁ……っ、ルイ……ッ、ルイ……俺の……っ……」

「――ン……ッ……」

ルイに喰われる感覚と彼の毒で、意識が混濁する。瞼が燃えるように熱くなり、体は薔薇の海にダイブした。二度と浮き上がりたくないくらい、甘美《かんび》な海に――。

「……っ、は……っ、ふぁ……あ……！」

「紲、『傷口を押さえていろ』――」

リクライニングシートの上で陶然としていると、強い魔力を帯びた命令を下される。

貴族悪魔だけが持つ能力、威令と呼ばれるものだった。

命令の内容を認識するなり、使役悪魔の体は勝手に動く。紲の手は考えるまでもなく傷口に伸びた。そこを圧迫しているルイの指と重ねてからずらし、血を滴らせる傷を強く押さえる。

「私が思うままに求めれば、お前はきっとまた逃げたくなる。お前に対する執着《しゅうちゃく》は、我ながら尋常《じんじょう》ではないからな。できることなら女王も教会も……この城も一族もすべて捨てて、お前と二人……誰にも邪魔されずに生きていきたい……っ」

「んあ、ぁ……っあ……！」

生温《なまあたた》かい鮮血で濡れた乳嘴を吸われ、下着を足から抜き取られた。

少しだけ尖った牙で痼った先端を刺激されると、あわいから蜜が溢れてしまう。

淫魔の体で男に触れられると、性器よりも後孔が反応した。体の奥で媚肉が疼き、蠢《うごめ》いて、雄を迎え入れる準備を始める。

「紲っ、忘れないでくれ……私が欲しいのはお前だけだ。他の何を失おうとも、お前と一緒に居られるならそれでいい。お前が生きている世界だから、私も生きていられるのだ……」

「は……あ、あっ、ルイ……来て、くれ……俺の……ここに……っ」

ルイの言葉が今の紲には半分ほどしか理解できず、けれど想いは心に届く。

毒に侵されている間は淫魔であることに甘えられて……前を寛げるルイの下身に尾を伸ばし、屹立《きつりつ》の根元に絡みつけた。ぐいぐいと引き寄せながら、紲はシートの上で体を開く。

「……っ、早く……ここ、に……俺を、滅茶苦茶《めちゃくちゃ》にして……っ」

精液を欲する淫魔の本能よりも、ルイに奪われたい気持ちが上回る。

愛されれば愛されるほど、その熱情を失うのは怖い。だからいつまでもこうして、狂おしく求めて欲しい――。

「――紲っ……っ」

「ふあっ、あ、あ……ぁ……おっき、ぃ……！」

蜜濡れた後孔を硬い物で穿《うが》たれて、全身がびくんと弾ける。

尾でルイの根元を引いて、奥へ奥へと誘い込みながら媚肉で包んだ。双丘の間に引き込み、その形や体温の差をじっくりと味わう。

「……っ、お前の中は熱いな……っ、すぐに……私も熱くなる……っ」

「んう、ぁ……っ、気持ちぃ……ルイの……俺の、いい所に当たって……ぁ、あ……！」

ひんやりとした肉塊に前立腺《ぜんりつせん》をごりごりと責められ、摩擦されているうちに体温が移っていく。触れた物と同じ温度になるルイの体は、火照る紲と同化しながら動きを速めていった。

リクライニングシートの上で体を重ね、紲は首筋の傷を押さえたまま何度も何度も貫かれる。

クプッ……とカリごと抜き取られては蜜口にぴたりと当てられ、再び重たく捩《ね》じ込まれた。

「はあ……っ、あ……や、ぁ……焦《じ》らす、な……っ、奥……奥まで……っ」

「——っ、そう、搾るな……お前が求めるまでもなく、私は……お前の物だ……っ」

紲の尾がルイの雄を縛りつけてより強く引いた瞬間、ルイは自ら腰を押しつける。

引く力と押される力が合わさって、紲の中にルイのすべてが入ってきた。

彼の屹立に巻きつけた自分の尾まで、窄まりの中にめり込んでくる。

「んっ……う——っ、う、ぅ……ふあ、あ……っ！」

「——ッ！」

思うままに腰を揺さぶるルイに押されて、紲の体は背凭《せもた》れの上へと突き上げられた。

尾で引き寄せる必要もないほどに激しく、がつがつと自分を求めるルイが居る。

いつも貴族然として上品に振る舞う彼が、獣のように乱れる様が好きだった。

そこにルイの本気を見いだせるから……自分だけに与えられた特別な時間と愛を感じられるから、夢中になる。彼との情交に、引きずり込まれる——。

「あ、あ……っ、は……あ、あ……っ！」

紲は背凭れに片手をついて身を起こし、自ら腰を揺らした。

ルイの雄を肉で締めながらも、腰を浮かせて限界まで引く。そして一気に落とす。

「——ッ、ン……紲……っ！」

「はあっ、あ……奥、当たって……っ！　気持ちい、い……っ……！」

重厚なリクライニングシートが軋むほどの勢いで体を上下させた紲は、ルイの手で腰を掴まれる。浮かせた所で力いっぱい引き落とされ、著大《ちょだい》な物で腹の奥を突き上げられた。内臓まで嬌声を上げて、涙のように淫蜜を滴らせる。

「ルイ……ッ、ここに、引っ越して……来る……お前の……傍に……っ」

「紲……っ、お前は私の番だ、私の……私だけの番だ！　誰にも渡さない！」

「ふああっ、あ……っ、ルイ……ッ……！」

紲は背中を弓《ゆみ》なりに反らしながら、ルイの手で何度も何度も舞わされた。

ルイが人間に変容すると威令が解けて、首を押さえていた手が自然に外れる。

まだ塞ぎ切っていない傷から、血の玉が飛んだ。ルイの顔に向かって散る。

雪色の頬が赤く濡れて、あまりの美しさに吸い寄せられると唇を塞がれた。

「んっ、う……ふ、う……っ、う……っ！」

「——ッ……ン……ゥ……！」

唾液は血の味——蜜林檎の匂いがする。

吐精は高濃度のエッセンシャル・オイルのように、ルイの香りを凝縮《ぎょうしゅく》していた。若々しい、青い薔薇の蕾《つぼみ》の香り……正気になど戻りたくなくなる、淫夢の香り——。

8

イタリアに移住する準備のために、紲《せつ》は一旦《いったん》帰国し、中二日の予定で荷物を纏《まと》めていた。紲にとってもっとも重要であり、動かすとなると面倒なのが香料だが、すべて『le lien《ル・リアン》』を通じて用意してもらうことになったので、特別希少《きしょう》な物以外は置いていくことにした。

調香器具や衣服や雑貨も、特に思い入れのある物だけを持ってくればいいと言われ、本当にその通りにしている。引っ越しと言うほど大袈裟《おおげさ》なことはせず、スーラ城から程近い結界外の関連施設宛てに、荷物を数点空輸しただけだった。

長く暮らしていれば愛着のある品も出てくるが、物への執着《しゅうちゃく》よりも早く引っ越したい気持ちのほうが遥《はる》かに上回っていたので、送る物も持っていく物もスムーズに厳選《げんせん》できて――むしろ大変なのは、自分が居なくなった後の引き継ぎだった。

蒼真《そうま》は豹《ひょう》にさえなっていれば、山に籠《こ》もって独りで暮らすこともできるのだが、管理区域や時代を考えるとそうもいかない。人間としては王族育ちの彼は、家事も雑用もすべて紲任せにして生きてきて、面倒なことは一切やってこなかった。蒼真が困らないよう生活上の注意点を書き起こすだけでも二晩かかってしまい、気づいた時には渡航日の朝を迎えていた。

「――蒼真、帰ってるのか？」

午前四時半、紲は作り立てのファイルを手にしながら、一階にある蒼真の部屋の扉《とびら》をノックする。言葉のうえでは疑問形だが、蒼真が狩《か》りから戻っているのはわかっていた。

室内から蒼真特有の茉莉花《ジャスミン》に近い芳香と、彼がいつも使っているスキンローションの香りがする。紲が蒼真の体臭《たいしゅう》に合わせて作った、ベルガモットやメリッサの香るローションだ。

「帰ってるよ」

扉の向こうは豹柄で埋《う》め尽《つ》くされ、カーテンも床のラグも人間用のベッドも、豹の時に使う巨大なビーズクッションも、すべて蒼真自身と似た柄だった。

深夜の狩りの後に人間になってシャワーを浴びた蒼真は、愛用しているバスローブ姿でベッドに横たわっている。サイドボードのスタンドを点け、ファッション雑誌やブランドショップから送られてきたコレクションカタログを開いていた。

イタリア移住を決意した紲が、帰路の途中でそのことを告げた際も、引っ越し準備に励《はげ》んでいる最中も、そして出発まで数時間という今も、蒼真はマイペースだ。普段となんら変わらず、紲が重い家具を動かしたくて頼めば快《こころよ》く手伝ってはくれたが、用がなくなれば昼寝に戻ったりテレビを観たりと、気ままに過ごしていた。

「生活上の注意点、書きだしておいたから……ちょっと説明しておこうかと思って」

「――寝なくて平気？」

「大丈夫。そこ、いいか？」

蒼真は何も言わずに口角を上げ、ベッドの上で体をずらす。

雪に囲まれたスーラ城ほどではないが、一月の軽井沢は冷え込んでいた。蒼真は暖房《だんぼう》を使うことがないので、紲には寒過ぎて布団《ふとん》を被《かぶ》らずにはいられなかった。羽毛の上掛けに脚を滑り込ませて、身を起こした蒼真とベッドの上で並ぶ。

「その気になればなんでもできるのはわかってるけど、する気もないだろうし……とりあえず眷属《けんぞく》を呼んだらこっちのファイルを見せてくれ。家電のマニュアルとかも全部このファイルに入れてあるから。あと精肉業者の連絡先はここで、家の修繕《しゅうぜん》はここ、庭木がフェンスの外まで伸びたらここに連絡してくれ。ゴミの捨てかたに関しては自分でもちゃんと読むこと」

「はいはい。インデックスシールまでつけて……こういうとこ紲はマメだよね」

「眷属の人にもわかりやすいようにしないといけないからな。お前の眷属は居つかないんだし、次々交代することになるんだろ？」

蒼真は受け取った二冊のファイルを見ながら、「俺の子は自由だからね」と笑う。

同居している紲も詳しく把握《はあく》してはいないが、ルイと違って蒼真は種付けを続けているため、管理区域内に大勢の子供が居るようだった。その代わり普通の人間を血毒で支配するタイプの眷属——虜《とりこ》は一人も持っていない。

弱い虜よりも、血族の使役悪魔《しえきあくま》を大勢従えているほうがよいのだが、豹族の使役悪魔は群れない性質があり、蒼真があえて命じなければ誰も彼の面倒を見てはくれない。有事の際以外は個別に暮らすのが自然なことで、誰かしらを呼びつけて長期間縛りつけると、その使役悪魔の性情を捻《ね》じ曲げることになってしまう。

「不自由させて、申し訳ないとは思ってる……」

「思わなくていいよ、紲は俺の眷属でも恋人でもないんだし。そもそも最初から預かり物だと思ってたから、いつでも番解《つがい》消する用意はできてた」

そう言われるとなんだか淋《さび》しい――などと思ってはいけないことは重々承知しつつも、紲は蒼真の横顔を見つめる。

今は金髪にしているので、紺碧《こんぺき》の瞳を持つ派手な西洋人のようだが、水分量の多い滑《なめ》らかな肌からは東洋の血を感じられた。あくまでも親友なので愛撫《あいぶ》したことはないが、感触は知っている。六十五年間もこうして手の届く所に居て、それなりに仲よく暮らしてきた。

生きるために飲精行為を繰《く》り返《かえ》し、常に守られてきたことを考えると、親友では済まないかもしれない。自分にとってもっとも楽で、自然体でいられる最高のパートナーだったと思っている。ルイにそんなことは言えないが、おそらくルイも承知しているはずだった。

「人間て勝手なもんだよな……引き止められても振り切って行くくせに、引き止められないと淋しがる。自分の存在理由や価値を常に感じていないと満足できない、贅沢《ぜいたく》な生き物だ」

「――っ」

「俺は引き止めたりしないよ。半分動物だから……元気で生きてて、自由があればとりあえず満足。紲がルイの所でそういう状態でいられるなら、俺はそれでいいんだよ」

「蒼真……」

ファイルをサイドボードの上に置いた蒼真は、おもむろに肩《かた》を抱いてくる。

人間の姿で懐《なつ》いてくるのは珍《めずら》しくて、紲はそのまま蒼真の肩に額《ひたい》を寄せた。豹の時と同じように首から背中に手を回し、ぎゅっと抱きついてみる。

──確かに俺は贅沢だ。蒼真に淋しい想いをさせたいわけじゃないのに、淋しがられないと拍子《ひょうし》抜けするし……絶対できないってわかっていながらも……三人で暮らしたいとか思ってる。ルイと蒼真と……どちらとも一緒に居たいって、思ってるんだ……。

豹柄のバスローブに顔を埋《うず》めながら、紲は蒼真の心音を胸に刻《きざ》む。

貴族同士が一緒に居れば、望まなくともどちらかが女性化して、純血種を生みだすための繁《はん》殖《しょく》行動に走る危険性が高かった。女性化した貴族悪魔は見せしめに処刑《しょけい》される掟《おきて》があり、ルイと蒼真の関係が今後どのように変化しようと、三人で一緒に居ることは決してできないのだ。

「俺と別れるのは淋しい？」

「──っ、淋しいに決まってるだろ」

「そう言われて泣かれるとちょっと嬉《うれ》しくなるんだから、俺もやっぱり半分人間なんだな」

まるで泣いているかのように言われて眉《まゆ》を寄せた紲は、その途端《とたん》視界の歪《ゆが》みに気づく。

室内にある様々な豹柄模様《もよう》が、全部纏めてぼやけて見えた。水で滲《にじ》ませたような光景だ。

「う……っ、ぅ」

目尻《めじり》をぺろりと舐《な》められ、肩を抱いていた手で頭を撫《な》でられる。

蒼真の手も大きいな――と改めて感じるくらい大きな手だった。

「晴《は》れの門出《かどで》に泣くなよ」

洗って乾《かわ》かしたばかりの髪《かみ》をくしゃくしゃと撫でられ、零《こぼ》れる涙《なみだ》を舐められる。

二百歳以上も年上の相手とはいえ、子供扱《あつか》いされるのは嫌だと思うのに……振り払うことは疎《おろ》か意地を張ることすらできなかった。

蒼真の言う通り、引き止められても自分はルイの所に行く。立場上だけではなく心情的にも、蒼真に引き止められたら困るのは事実だった。けれど今は、引き止められたいくらいの想いがある。この温《ぬく》もりを忘れないよう、しっかりと刻みつけておきたくて――。

「番を解消するための離縁届《りえんとどけ》、もう出してあるから」

「蒼真……」

「それが届いて受理されたら、ルイが結縁届《けちえんとどけ》を出すことになる。結婚式みたいなこととして披露《ひろう》する貴族もいるけど、ルイはどうするんだろうな？　見せびらかしたいけど目をつけられると困るからできないってとこかな？」

「――さあ……知らない……」

残る数時間、今は蒼真のことだけを考えていたかった。近くにあるのが当たり前だったこの顔も体も茉莉花の香りも、これからは遠くなる。そう簡単に会うことはできないのは明白で、考えれば考えるほど淋しい……。誰よりもルイを愛している。けれど蒼真と紡《つむ》いできた時間も大切なものだ。失うものは想像以上に大きかった。

「あ、そうそう……離縁届と一緒に移動願いを出しておいた」

「！」

濡《ぬ》れた睫毛《まつげ》まで舐められていた紬は、思いがけない言葉に目を見開く。

至近距離にある唇《くちびる》が、不意に持ち上がるのが見えた。

「移動願いって……どこへ？」

「スイス。主にモンブランやマッターホルンを狙《ねら》ってる。山を越えたら北イタリアだからな」

「蒼真……っ」

「日本は希望者多いし、代わりが決まればすんなり行くと思うぜ。本部周辺は新貴族だらけで人足りてるけど、山の中は獣人《じゅうじん》じゃないと厳しいからな。適任だろ？」

こめかみにチュッとキスをされた紬は、何をされたかわからないほどの興奮《こうふん》に包まれる。

蒼真は淋しいという感情に突き動かされたわけではないのかもしれないが、近くに居たいと思ってくれた。行動してくれた。それが嬉しくて、もう何も見えなくなる。

「泣くなってば」

「……っ、泣いてない……」

「泣いてんじゃん。俺の舌がヤスリみたいで痛かったとか言い訳すんなよ」

人間の時は普通の舌を持つ蒼真は、笑いながら本気でじゃれついてくる。

一九〇センチ近い巨体に押し倒された挙《あ》げ句《く》に抱きつかれ、紲は蒼真の肩越しに天井を見つめた。

ぽっかりと穴が開いたように淋しかったのに、今は嬉し過ぎて気が抜けそうになる。人型のままでこの体勢はよくないとは思いつつも、蒼真の背中に手を回さずにはいられなかった。

「紲、おめでとう」

「……ありがとう」

面と向かってではなかったけれど、耳元に囁《ささや》かれ、答えると顔が熱くなる。

人型だと恥ずかしいし、ルイに悪いから変容してくれないかな――と思っていると、蒼真は覆《おお》い被《かぶ》さったままバスローブを脱《ぬ》ぎだした。紲の体の上で瞼《まぶた》を伏せ、何もなかった肌に斑紋《はんもん》を浮き上がらせる。そこから豹になるまでは、数秒もかからなかった。

「……やっぱりこっちがいい」

紲がそう言うと、豹の蒼真は喉《のど》をゴロゴロと鳴らしながら、『ちょっと複雑』と笑った。

改めてしがみついた紲は、絹《きぬ》のような手触りの被毛を思う存分撫でる。温かい体が愛しくて、耳も髭《ひげ》も、ここぞとばかりに触っておいた。

明け方から三時間ほど寝て起きた紲は、荷物の最終確認をしてから門に向かう。

すでに迎えは来ていたので、蒼真に指輪を返して一緒に玄関を出た。

鹿島の森にある屋敷《やしき》の敷地は広く、玄関から門までは距離がある。

浅間石に囲まれた細道は高い松に囲まれ、小川のせせらぎに似た風の音が響いていた。

「指輪は嵌《は》めておけ。本人の傍で暮らすんだし、石の匂いが飛んだって構わないだろ？」

スーツケースを運んでくれている蒼真は、ルイの指輪を嵌めろと言っているのだが――紲はコートのポケットに視線を向けて口籠《くちご》もる。

教会の規約上、蒼真もルイも短期間に連続して管理区域を離れるわけにはいかないので、紲は今回、迎えにきたルイの眷属と一緒にイタリアに向かうことになっていた。

蒼真もしくはルイ本人が一緒に居ればなんとか落ち着けるのだが、機内でふとした時に指輪からルイの香りを感じてしまうと、到着後の甘い時間を妄想《もうそう》して淫毒《いんどく》を放ってしまう危険性があった。約四日もルイと離れていることもあり、何をきっかけに発情するかわからないのだ。

「ミラノに着いたら嵌める……ルイが、空港まで来てくれるし」

ルイの指輪は、ケースに収めた状態で服のポケットに入れておくくらいが丁度いい――そう思ってポケットを軽く叩《たた》いて見せた紲に、蒼真は微妙《びみょう》な表情を向けた。

「――まあ、直行便だからな……今日成田から国外に出る貴族はいないはずだし。けど万が一貴族の気配を感じたら即指輪を嵌めろよ。ルイのバックには女王がついてると思ってる貴族が多いし、アイツの指輪なら印籠《いんろう》代わりになる」

蒼真の斜《なな》め後ろを歩きながら、紲は黙《だま》って頷《うなず》く。ルイの指輪で女王の権威を振り翳《かざ》すのかと思うと複雑ではあったが、今は無事にルイの下に行くことを考えなければならない。

「……ん？　赤眼《あかめ》が居るな……虜だけかと思ったのに」

門が迫ってきて、蒼真の結界《けっかい》の外に黒塗《くろぬ》りのセダンが停まっているのが見えた。

五人乗りの車の前には四人の男が立っている。一人は使役悪魔、他の三人は虜だった。

蒼真と紲が結界から出たのを見計らって、四人は揃《そろ》って頭を下げる。

東洋人らしき使役悪魔だけは頭を上げるのが遅く、やけに恭《うやうや》しい日本的なお辞儀《じぎ》だった。

「お初にお目にかかります、李蒼真《リーツァンヂェン》様、香具山《かぐやま》紲《せつ》様。私はスーラ一族の使役悪魔で、湟城《こうじょう》と申します。生存する血族の中では唯一《ゆいいつ》、この国で生まれ育った者です」

「……日本人がいるなんて知らなかった」

「紲様がお生まれになる前のことですが、ルイ様のお胤《たね》を受けた華族夫人から生まれました。ルイ様の番となられる紲様をお迎えに上がるのに、もっとも相応《ふさわ》しいと自負しております」

湟城と名乗った外見年齢二十代中盤《ちゅうばん》にして百歳以上の男は、無表情ではあったが丁寧《ていねい》に語りかけてくる。

黒スーツを着て同色のコートを腕にかけており、髪も瞳も黒く、知的で上品な印象だった。

「……どうも、ご丁寧に……」

「丁寧過ぎる。スーラ一族の使役悪魔が紲に頭を下げるのは何故《なぜ》だ？　繁殖の邪魔《じゃま》になる雄《おす》は目の敵にしてるんじゃなかったか？」

「恐れながら、正式に番となられることが決まった以上、奥方様と同等に敬うべきだと考えております。ましてや紲様は、行く行くはヴァンピールとなってルイ様の命の糧《かて》となる御方です。先達《せんだつ》ては若輩者《じゃくはいもの》のクレマン・ユレが無礼を働いたとのことで、この場を借りて深くお詫び申し上げます。血気盛んで浅慮《せんりょ》な若者故《ゆえ》の過《あやま》ちを、どうかお許しください」

さらに深々と頭を下げられ、紲は困惑《こんわく》して蒼真の顔を見てみる。

蒼真は腕を組みながら湟城を見ており、どことなく釈然《しゃくぜん》としない表情を浮かべていた。

それでもしばらくしてから息をつき、「紲、指輪を嵌めておけ。今すぐに——」と、珍しく強めな口調で命じてくる。貴族悪魔の力を使って威令をかけてきたわけではないが、逆らうことは疎か、何故かと問いかけることさえできない雰囲気《ふんいき》だった。

軽井沢を出た車は、沈黙《ちんもく》のまま成田へと向かっていく。

五人乗りのセダンということもあり、紲は蒼真と門の前で別れた。

同乗しているのは虜三人と使役悪魔の湟城で、後部座席に男が三人並んだ状態にある。

軽井沢から成田までは車で移動すると時間がかかるため、些《いささ》か窮屈《きゅうくつ》で息苦しい旅だった。

蒼真とは元々門の前で別れるつもりで、空港まで見送ってもらう予定ではなかったのだが、もしもこの車が六人以上乗れる車だったら、彼は予定を変更して同行していたかもしれない。

なんとなくそんな気がした。

湿《しめ》っぽい別れは避《さ》けたかったが、まるで小旅行に出るかのようにあっさりと別れてしまったことを、紲は少し後悔《こうかい》している。

使役悪魔が現われたことと、何より蒼真が移転願いを提出していたことが影響《えいきょう》していたが、門のほうを振り返って屋敷に別れを告げるのを忘れてしまった。

蒼真には近々会えるとしても、長年暮らしたあの屋敷には戻れない。

いつか日本に来ることがあった時にはもう、ホーネット教会から派遣《はけん》された別の貴族悪魔が住んでいることだろう。そういう意味で心残りがあったが、いまさら考えても仕方がないので大人しく座っていた。

——随分《ずいぶん》と緑が多いな……成田に向かう道ってこんなだったか？

車が千葉県に入ったのは確かだったが、いつの間にか窓外の景色が沼《ぬま》や田畑ばかりになっている。一昔前はこんな道を通った気もするが、それはだいぶ以前のことだと記憶していた。

窓際《まどぎわ》に居る紲は、間に虜を挟んで座っている湟城に目を向ける。

視線くらい感じるはずだったが、彼は一切反応しなかった。

蒼真の前で見せた態度はなんだったのかと思うくらい冷めているが、使役悪魔は本来個性や感情が豊かにあるわけではないので、無駄《むだ》なお喋《しゃべ》りなどしなくて当たり前とも言える。

――道……間違えてないか？　とか訊《き》いたら失礼か？　いや、でも虜が道を間違えるとか、ないよな？　渋滞《じゅうたい》でフライトに間に合わなくなりそうで……近道してるとか？

紲は湟城に話しかけてみようかどうしようかと迷いながら、薄曇《うすぐも》りの午後の空を見上げた。見渡す限り空と緑ばかりになっていて、山を登っている気がする。

道路は舗装されており、山間《やまあい》には田畑や民家が見えた。

国道から大きく外《はず》れているわけではないのだが、やはり成田に向かう道ではないような気がしてくる。

――いつも新幹線で移動してるから、よくわからないけど……なんか違う、よな？

さすがに異変を感じた紲は、携帯で現在地を調べることにする。

湟城に気づかれないように……というのはまず無理だが、日常的なメールの受信確認に見せかけるべく、二つ折りの携帯をさりげなく開いた。

蒼真がルイの指輪を嵌めろと強く言ってきたのは、湟城を警戒《けいかい》してのことだとわかっている。

本来は貴族に逆らえず、主の不利益になることはできないはずの使役悪魔が、どこまで自主的に行動を起こせるものなのか……亜種《あしゅ》の紲には知る由《よし》もない。

貴族であり、繁殖義務を果たしているうえに元々あまり干渉《かんしょう》されない種族である蒼真にも、完全に理解することはできないだろう。簡単に信用してよかったのだろうかと……今になって不安が募《つの》った。思い起こせばイタリアでも危険を感じたことはあったのだ。極端《きょくたん》に寒い部屋で待たされたり、痣《あざ》ができるほど強く摑まれたり、刃物《はもの》らしき物を向けられそうになったり──。

「──っ……ぁ」

位置情報を確認しようとした紲だったが、その直前に電話を受ける。

着信音は鳴らず、電話着信のアニメーションと共に蒼真の名前が表示された。

湟城の視線が飛んできた気がしたが、紲は気づかない振りをして通話ボタンを押す。

『紲？　まだ車の中か？』

何も言わないうちに、蒼真の声が聞こえてきた。蒼真の携帯からなのだから予想できたことだが、しかし驚《おどろ》かされる。日本語ではなく、何故か中国語だった。

悪魔は耳がよいので、蒼真の声が湟城に聞こえてしまう可能性がある。

それを見越したうえでのことだと察した紲は、たちまち緊張《きんちょう》して居竦《いすく》まった。

どう対応すべきか決めかねたまま、とりあえず日本語で「うん、そう」とだけ返す。

『それでいい。そっちは日本語を使って無難《ぶなん》な会話をしているように装《よそお》うんだ。いいか、俺が何を言っても落ち着いてろよ』

「ああ……どうしたんだ？　もうわからないことが出てきたのか？」

紲は無理に笑ってみたが、緊張が声に出てしまった。自分の心音が気になりだす。何か悪いことが起きている予感が、数秒ごとに増していった。

『ルイが赤眼を寄越したことがどうも気になって……確認を取ろうとしてみたけど女王の所に行ってて連絡がつかない。それで調べてみたら、ルイが寄越した虜は三人じゃなく六人、用意した車はリムジンとセダンの二台だった』

「──っ⁉」

『肝心《かんじん》なのはここからだ。虜と同じ便で、スーラ一族の使役悪魔が十人来日してる。さっきの奴もその一人だ』

「っ、え……？」

『動揺するな、悟《さと》られる。今はまだ車の中で、赤眼は一人だけなんだな？』

「──ああ、うん……でも場所が、どこに置いてあるのか、俺にもよくわからなくて……」

心臓の音が爆発的《ばくはつてき》に大きくなり、上手く誤魔化《ごまか》せている自信がなかった。

使役悪魔が十人も日本に……それはどう考えてもルイの指示ではない。

スーラ城に入ることさえ許されず、結界から締《し》めだされてきた彼らが何故このタイミングで日本に大挙してきたか──恐ろしい想像しかできなかった。

『結縁届を出す前でも、ルイの指輪をしていれば番として扱《あつか》われるのが普通だ。いくら繁殖の妨《さまた》げになるとはいえ主の番に殺意を抱くとは考えにくいが、六十五年という長期に亘《わた》って繁殖活動を一切しなかったルイの行動は、貴族としては例を見ないレベルの異常だ。一族の存亡《そんぼう》に危機感を抱いた赤眼は、通常ではあり得ないことをしようとしているのかもしれない』

「……っ」

『奴らの目的は、他の貴族の番ではなくなったお前をルイの下に行かせずに、日本国内で抹殺《まっさつ》することだと思う。その車が残る九人の使役悪魔と合流する前に手を打つんだ。俺が行くまで、なんとしてでも時間を稼《かせ》げ』

「――っ、どうやって？」

紲は思わず普通に訊《き》いてしまったが、それ以前に窓外の景色を見て焦燥《しょうそう》していた。

成田に向かわずに千葉の山中へと入り込んでいる車は、ほぼ間違いなく他の九人との合流を目指している。使役悪魔同士とはいえ、敏捷性《びんしょうせい》も腕力も勝る吸血鬼に淫魔《いんま》が敵《かな》う道理がなく、湟城一人が相手でも勝てる気がしなかった。

『お前を独りで行かせたこと、俺は今……物凄《ものすご》く後悔してる。悪かったと思ってる。それでも今は、自分の身は自分で守れとしか言えない。プライドよりも貞操《ていそう》よりも、命を取れ――』

蒼真の声は、いつになく苦しげだった。

何を言っているのか理解した途端、紲の胸にも強い痛みが走る。

紲は亜種で、使役悪魔としては魔力が非常に強い。淫魔としての能力を使えば、使役悪魔に淫心《いんしん》を抱かせて堕落《だらく》させることができる。

相手の力にもよるが、大抵は匂《にお》いと視線だけで十分だった。

それらに怯《ひる》んだ隙《すき》をつき、キスをして唾液《だえき》を与えればいい。それでも堕《お》ちなければ、尻尾《しっぽ》の尖端《せんたん》を針《はり》のように硬《かた》く尖《とが》らせて皮膚《ひふ》を刺《さ》し、そこから淫毒《いんどく》を直接注入する方法もある。

貴族には効かなくても、使役悪魔にならば効く——湟城はたちまち色欲《しきよく》に狂《くる》って、むしゃぶりついてくるだろう。彼の耳元に、「俺をお前だけの物にして」とでも囁《ささや》けば、他の使役悪魔と戦わせることも、この車の行き先を変えさせることもできる。

——種を滅ぼすこともあると言われる……淫魔の……破滅《はめつ》を呼ぶ力……。

使いようによっては武器にもなる自分の力を、紲はこれまで本気で使ったことがない。

まだ悪魔だと知らなかった頃、傍《そば》に居た人間は次々と淫心に囚《とら》われて狂っていった。家族ですら人としてのモラルや理性を失って、情欲に燃えて殺し合う始末で——その忌《い》まわしい力を、あえて使おうと思ったことなどない。

『俺が行くまで、必ず生きていろ』

蒼真との通話を終えた後も、最後に耳にした一言が頭に反響《はんきょう》していた。

ルイの息子の一人である湟城を誘惑《ゆうわく》し、虜に命じて行き先を変えさせなければならない。

他の九人の使役悪魔と合流することを阻止《そし》するために、抗《あらが》い難《がた》い性欲と独占欲《どくせんよく》の坩堝《るつぼ》に引きずり込む——それは身を守るために必要なことだ。蒼真が来て、貴族の魔力が彼らを抑制《よくせい》するまでの間、体を張るしかない。

――ルイの匂いを嗅《か》げば……どんな状況だって力は出せる。こんな所で死ねない……ルイの眷属に俺が殺されたりしたら……っ、ルイが……！

紲は息を止めて覚悟を決め、左手の薬指に嵌めた指輪を顔に近づける。

ルビーとして固められたルイの血から、至上《しじょう》の薔薇《ばら》の香りを吸《す》い込んだ。愛《いと》しくて堪《たま》らない、常に誘惑を仕掛けたくなる甘美な芳香で鼻腔《びこう》を満たし、体の中から淫毒を引きだす。

「……っ、窓を開けろ！」

紲が淫魔に変容した瞬間、湟城が虜に向かって叫《さけ》んだ。

車は山道を急いでおり、もし窓を開けられたら紲が放った蜜林檎《みつりんご》の香りは薄れてしまう。

「開けるな！　俺の命令を聞け！　お前達の主の番だ！」

紲は運転席に向かって左手を伸ばしながら叫《さけ》び、指輪を見せて「車を停めろ！」と命じる。

同時に尾を湟城の手首に絡ませ、パワーウィンドウを操作しようとした手を止めさせた。

間に座っている虜の体を乗り越えて、紲は湟城に迫る。

彼もすでに悪魔化していたが、その赤い瞳にも鋭《するど》い牙《きば》にも怯《ひる》まなかった。

亜種の自分は絶対に強い――そう信じて唇を開く。

「――っ……や、やめ……っ」

攻撃態勢に入っているにもかかわらず、彼は何もしてこなかった。

すでに紲の匂いを嗅いでいるため、意識の多くを性欲に囚われている。紲に唇を奪われても抵抗できず、伸びた牙も形無しだった。眉《まゆ》を寄せるくらいはできても、咬《か》みついてくることはない。目の前の淫魔を抱きたい欲求が何よりも強まっており、敵意も殺意も折られていた。

「ん……っ、ふ……ぅ……！」

「……クッ、ゥ……ウ……ッ」

紲は目を閉じて、相手がルイだと思い込みながら唾液を注《そそ》ぐ。

二人の間に居る虜は、マネキン人形のように大人しく座っていた。

車はすでに停止し、閉じられたままの空間に蜜林檎の香りが充満《じゅうまん》している。

そこに湟城の放つ薔薇の香りが混ざるものの、ルイの香りと比べれば凡庸《ぼんよう》で魅力《みりょく》に欠けた。

「ふ……んっ、ぅ……」

舌を伸ばして湟城に唾液を与える紲は、彼の頬《ほお》に左手を添えて指輪の匂いを嗅いだ。

自分に暗示をかけ、ルイのイメージを引っ張りだすことで誘引し続ける。

尾の尖端から湟城の体に直接毒を注入して誘惑を確実なものにしたかったが、そのためには自分自身を欲情させて魔力を高める必要があった。

「――っ、やめろ！」

「！」

「……浅ましい淫魔め……っ！　こんなことは、想定済みだ……っ」

突然紲の唇から逃げた湟城は、腹の底から振り絞《しぼ》るような声を出す。

淫毒にやられると求めてくるのが普通で、自ら身を離すようなことは通常では考えられない。ましてや車内という密室で匂いを嗅ぎ、紲の唾液を口にしたにもかかわらず、湟城は正気を保っていた。

焦《あせ》りかけた次の瞬間、紲は血の匂いに反応する。反射的に匂いを追うと、湟城が爪《つめ》で自身の胸を抉るように掻《か》き毟《むし》っていた。白いシャツの胸元に血の染みがじわじわと広がっていく。

――痛みで正気を……っ!?

「お前のような下級淫魔にっ、一族を滅ぼされるわけには……いかない！」

湟城は紲を突き飛ばすなり叫んで、胸元からバタフライナイフを取りだした。

彼の匂いは未《いま》だに放出されており、呼吸は乱れ、スラックスに覆《おお》われた股間《こかん》は確かに昂《たかぶ》っている。紲の魔力に押されているのは間違いなかったが、湟城はナイフを片手で摑《つか》むと、それを躊躇《ちゅうちょ》なく自身に向けて突き立てた。血液の集まる股間目掛けて、一気に振り下ろす。

「ぐあああああっ！　ぐっ、うぅ――っ!!」

「……っ、な……何やってっ！　やめろ！」

俄《にわか》には信じられないことが起きていた。湟城は急所を貫《つらぬ》いた挙げ句に、そのまま手首を横に動かす。淫魔の誘惑を絶ち切るために、生殖器《せいしょくき》を切り取ったのだ。

紲は虜の体を跨《また》いだ状態で「やめろ！」と何度も叫び、湟城の手を止めようとする。ところが逆に左腕を摑まれてしまい、噴《ふ》きだす血飛沫《ちしぶき》の中で二本の牙に襲《おそ》われた。

「ぐっ、あ……ああ——っ！」

抵抗する間もなく腕を咬まれ、そこから吸血鬼の毒を注入される。

衝撃《しょうげき》の光景に気を取られている一瞬のうちに、形勢不利な状態へと持ち込まれてしまった。

「——うっ、あ……ぅ……っ、やめ、ろ……！」

湟城の肩を押し退《の》けると、牙や唇が腕から離れる。

傷からの出血は微量《びりょう》で済んでいるものの、毒によって痺《しび》れた手が痙攣《けいれん》を起こし始めた。

「お前さえ現れなければ……っ、ルイ様は一族を滅亡《めつぼう》の危機に晒《さら》したりはしなかった！　このままでは……スーラ一族は滅びるっ、お前のような雄の淫魔に……由緒《ゆいしょ》正しい我が一族がっ、滅ぼされて堪《たま》るものか……！　血族の積年《せきねん》の恨《うら》み……必ず……っ！」

「……っ、ぅ！」

第一印象では上品で紳士的《しんしてき》だった湟城が、獣《けもの》のような唸《うな》り声を響《ひび》かせる。

がたがたと震える左手を再び掴まれた紲は、左手の薬指からルイの指輪を抜き取られた。

右手と尾を使って指輪を取り返そうとした紲に向かって、湟城はナイフを振り上げる。

生殖器を失った彼に淫魔の力は効かなくなっており、殺意を完全に取り戻していた。

「死ねぇ——っ!!」

刺される！　脳が死を意識し、本能が防御のために筋肉を動かす。

全身を元の席に向かって引いた紲の眼前で、ナイフが虜の太腿《ふともも》に突き刺さった。

急所を無残に切り落とした湟城の力は残り少なく、ナイフを握《にぎ》ってはいてもまともに振るう余力がない。彼自身もそれをわかっているのか、恨みがましい目で紲を睨みながら、ルイの指輪を牙と牙の間に放り込んだ。

「やめろ！　それを返せっ！」

湟城に飛びかかった紲は、彼の顎《あご》を摑んで指輪を奪《うば》い返そうと必死になる。

しかしすぐさまごくりと喉を鳴らされ、ルイの指輪を呑《の》み込まれてしまった。

開いた口からは血の咳《せき》が飛び、無表情であるはずの顔には笑みすら浮かんで見える。

「お前達……っ、この淫魔はルイ様の番でもなんでもない！　殺せ！　八つ裂きにしろっ!!」

断末魔《だんまつま》の叫びに等しい命令に、三人の虜が動きだす。

紲はすぐ隣で置物のように座っていた虜に腕を摑まれ、運転席と助手席から乗りだしてきた虜にも襲われた。呑み込まれた指輪に構っていられる状況ではなくなり、無我夢中《むがむちゅう》で振り切りながら後部座席のドアを開ける。

――逃げなきゃ……っ！　蒼真が来るまで逃げ切らなきゃ……殺される!!

外は見知らぬ山の中だった。頭上には太陽があるはずだが、雲に覆われている。三人の虜を振り切ることができたのは奇跡《きせき》に等しく、もう一度捕まったら勝てるとは思えなかった。

追ってくる彼らから転がるような勢いで逃げた紲は、舗装された道路を下っていく。

傾斜《けいしゃ》した森の中に迷い込むよりも道路を駆け下りて、虜に捕まる前に国道に出たかった。

人間相手に魔力を使ってでもなんでもいい——とにかく車を拾って乗り込んで、この場から逃げるしかない。蒼真と会うことさえできれば、必ず助かる。もう一度ルイに会える——。

「そこまでだ！　止まれ！」

「……っ⁉」

湟城の声とは違う声に耳を打たれ、紲は足を止めざるを得なくなる。

声は後ろではなく、前方から聞こえてきた。そして無数の匂いが迫ってくる。

——薔薇の香り……っ！

多種多様にして統一感のあるスーラ一族の匂いが、四方八方から香っていた。

足音も息遣いも感じられる。淫魔に変容している紲の五感は絶体絶命の危機を察し、湟城の毒によって痺れていた左手に、恐怖による震えが加わった。

「……っ、その血は……湟城を死に追いやったんですか？　それとも殺したんですか？」

さらに別の声で……しかもフランス語で問われ、紲は山中の細い車道から森に目をやる。

木々の間にクレマンの姿があった。そして次々と、赤い瞳を持つ使役悪魔が現われる。

男の使役悪魔が九人——全員が悪魔化しており、今にも牙を剝《む》きそうな形相《ぎょうそう》だった。

「クレマン……ッ」

「気安く呼ばないでください。貴重な子種を奪う厚かましい泥棒猫《どろぼうねこ》に呼ばれたくありません。このうえ血族を傷つけるとは、真《まこと》に許《ゆる》し難《がた》い。スーラ一族をどこまで減らす気ですか？」

「コイツを一寸刻《いっすんきざ》みにしなくてはいけないな……ああ、でも首だけは無傷で持ち帰るとしよう。ルイ様にお見せして、死んだことを深く理解していただく必要がある」

「——っ、やめろ……俺に近づくな！」

ここに居る全員がルイの息子で、彼らに本気で命を狙《ねら》われているのだと思うと紲の心は折れそうになる。湟城の死に様《ざま》や呪《のろ》いのような言葉が、今になって重たく伸しかかってきた。

ルイと偶然出会って惹《ひ》かれ合っただけ……一言で言うならそれだけで、一族を滅ぼす気などなかった。ルイが苦しみながら作ってきた子供達を、死なせる気などなかったのに——。

「やめろ……っ、俺を殺しても……ルイはお前達の思い通りにはならない！」

「そんなことはやってみなければわかりません！」

誰が叫んだのか認識できないほどの混乱の中で、紲は反対側の森に向かって走りだす。

冬でも茂《しげ》った草を掻き分け、生理的に零れる涙を振り切りながら走った。吸血鬼《きゅうけつき》の動きには決して敵《かな》わないと知りながらも、九人の使役悪魔と三人の虜から逃《のが》れようとする。

——殺される……っ、嫌だ……ルイ……ッ！

湟城の毒がじわじわと回ってきて、膝《ひざ》が思うように動かなかった。

誘引の匂いを出す気力も体力も失い、紲は迫りくる吸血鬼に囲まれる。

最早打つ手は何もなく、全身の血を吸われて死んでいくイメージが浮かんできた。

そんなふうに死ぬのなら、ルイに殺されたかったと痛切に思う。

彼の子供達に殺され、ルイに首を差しだされるのだとしたら……それは絶望しか生まない。ルイの血肉になることも香りになることもなく、悲しみと怒りだけを与えて終わる――。

「ガウウウゥ――ッ!!」

クレマンに捕まって首を咬まれかけた刹那《せつな》、静かな森に獰猛《どうもう》な唸《うな》り声が轟《とどろ》く。

鬱蒼《うっそう》とした森の中に、褐色《かっしょく》の斑紋を持つ黄金の豹が姿を見せた。それも一頭ではない。目に見えているだけでも四頭――真紅《しんく》の瞳《ひとみ》の大型の雄豹が、吸血鬼に次々と襲いかかる。

「ぐあああっ！　ぎゃあああああ――っ!!」

「グウウゥッ!!」

引き締まった体躯《たいく》の豹が吸血鬼に飛びかかり、防御しようとした腕を骨ごと咬み砕《くだ》いた。

一際《ひときわ》大きな豹は紲に向かってきて、クレマンの背中を前脚で蹴散《けち》らす。

小さくはない彼の体はたちまち吹っ飛び、大木に激突《げきとつ》した。残る吸血鬼は腰を落とし、牙を伸ばして身構える。隙《すき》をつくための睨《にら》み合いが続き、肌が痛くなるような殺気《さっき》が飛《と》び交《か》った。

「……っ、李一族……！　来てくれたのかっ」

「グウゥー」

いつの間にか傷だらけになっていた紲は、身を摺《す》り寄せてきた雄豹に夢中でしがみつく。

涙が零れて止まらなかった。あと数分遅かったら間違いなく咬み殺されていたはずで、命が繋《つな》がった安堵《あんど》で言葉が出てこなくなる。

「獣人風情《ふぜい》が生意気《なまいき》な……っ、殺せ！　蒼真様が来る前に！　豹も淫魔も始末しろ！」

誰かが叫び、吸血鬼に咬みついていた豹が別の二人に蹴り飛ばされる。

淫魔の動体視力では認識できないほどの速さで、吸血鬼と豹の戦いが繰り広げられた。

貴族悪魔が来て威令を使わない限り、誰にも止められない。

紲は必死に「やめろ！」と叫んだが、ルイの眷属はもちろん、蒼真の眷属も紲の言うことなど聞きはしなかった。四頭の豹はすべて、蒼真から与えられた命令通りに紲を守り、吸血鬼を返《かえ》り討《う》ちにしようとする。そしてルイの眷属はスーラ一族の繁栄《はんえい》のために動き、主に逆らってまで紲の抹殺に命を懸《か》けた。

「やめろ……っ、駄目だ……もうやめてくれっ！」

ルイと蒼真の息子同士が争って、森を血に染めていく——一度は安堵した紲の目に、悪夢のような光景が焼きついた。

一頭の豹に吸血鬼が三人掛かりで応戦し、毒牙で自由を奪いながら刃物を突き立てている。

別の豹は吸血鬼の腕を喰い千切り、仲間を痛めつける吸血鬼達に襲いかかった。

そこら中から絶叫《ぜっきょう》や呻《うめ》き声が聞こえてきて、木々が薙《な》ぎ倒《たお》されてメキメキと鳴る。

——嫌だ……っ、こんなこと……俺のせいで……っ！

阿鼻叫喚《あびきょうかん》の地獄絵図《じごくえず》——見たくない……見たくないけれど、目を逸《そ》らすことなどできない。

そうして限界まで剝き続けていた目に異常が起きたのは、吸血鬼集団が瀕死《ひんし》の豹を殺そうとした時だった。振り上げられた刃物を視界に捉えた瞬間、左目が熱くなる。

これまでに何度も起きていた痛みとは違った。燃えるように熱く、そして力が漲《みなぎ》ってくる。性分泌液《せいぶんぴつえき》を摂取した時よりも、さらに大きな活力が全身を駆け抜け——末端神経《まったんしんけい》まで何かが届く。力としか言いようのないものだった。

今ならなんでもできるような気がしてくる。目の前の吸血鬼や豹が、吹けば飛ぶような弱い生物に見えてきた。奇妙な……本当に奇妙な感覚だった。

「やめろ……！　もう……それ以上……『戦うな！　全員人間になれっ！』——」

声の限り叫んでいた。魔力を籠《こ》めて、使役悪魔にはできないはずの威令をかける。

初めて淫魔に変容してすぐに尾を扱《あつか》えた時のように、誰に教えられるまでもなくわかった。発する言葉に魔力を籠めて命じる方法——使役悪魔を思うままに従わせる方法を、謎《なぞ》の力が悟らせてくれる。

「紫の瞳……っ、まさか……オッドアイ……!?」

クレマンの声が聞こえた時にはもう、傍に居た雄豹が人間に変容し始めていた。枯《か》れた草の上で、体格のよい全裸の成人男性になる。

吸血鬼達の目の色も、赤ではなく黒や青や緑に変わっていた。

紲の命じた通りに、この場に居る全員が人間になる。

牙もなく、鋭い爪も持たない人間に変わって、戦いは中断された。

彼らは口々に「オッドアイ」と言っていたが、紲にはその意味を考える余裕などない。何故か成功してしまった威令が解けないように、意識を強く保たなければならなかった。そうでもしないと、急に許容量を超える力を孕《はら》んだ体と心が、弾けて散り散りになってしまうだろう。

自分の中に湧いた力を無敵のように感じられたのはわずかな時間だけで……今はそれを抱え切れないほど重いと感じる。潰《つぶ》れそうなほど苦しくて……人間に戻りたくて堪らない。けれど人間に戻った途端《とたん》に威令《いれい》は解《と》けてしまう。今はまだ、歯を食い縛《しば》って耐《た》えるしかなかった。

『紲っ！』

必死に耐えていると、頭の中に蒼真の声が届いた。

幻聴《げんちょう》ではない証拠《しょうこ》に、血腥《ちなまぐさ》い空気を縫《ぬ》って茉莉花が香ってくる。

蒼真の子供達とは圧倒的に質が異なる見事な芳香……紛《まぎ》れもなく蒼真の匂いだった。

「蒼真……っ、蒼真……！」

『紲っ！　無事か⁉　紲っ‼』

霞《かす》んでいく視界の中に、紫の瞳の豹が現われる。

ようやく本当に……心の底から安堵することができた。もう人間に戻っても構わないのだ。

何かの間違いのような威令が解けても、戦いが再開されることはない。使役悪魔は貴族には逆らえない――その絶対的な法則を、これほどありがたいと思ったことはなかった。

9

壁の二面が硝子《ガラス》張りになっている紲の寝室からは、空色の変化がよくわかる。

高熱に魘《うな》され、夜が来ても朝が来ても、そしてまた夜が来てもまともに眠れなかった紲は、時間の経過を虚《うつ》ろに追っていた。正確に言えば途切れ途切れに少しは眠っている気がしたが、熱のせいで確信は持てず、どうすればこの状態から抜けだせるのかもわからない。

淫魔は通常、性分泌液を摂取することで自然回復できるものだが、蒼真の精液を舐めても、彼から『淫魔になれ』と威令を下されてもなお、変容するだけの力を出せなかった。

人間のまま精液を摂取しても意味がないので、結局延々《えんえん》と寝込んでいる。

息苦しくて熱くて、だくだくと流れる汗《あせ》が引かず、蒼真の手で何度か着替えさせてもらった記憶があった。しかしそれも、短い眠りの間に見た夢のように感じられる。

──あれから……半日？　いや、二十四時間以上……経ってるはずだ……たぶん……。

どうやって軽井沢に戻ってきたのか、紲はまるで憶《おぼ》えていなかった。吸血鬼や獣人がその後どうなったのかも知らない。蒼真が来たところまでで記憶が途絶《とだ》えているので、意識を失ったまま運ばれたのだと思っているが、それについて蒼真に訊くことすらできない体調だった。

自分に何が起きたのか、知りたいと思っても訊けなくて……蒼真も何も話してこない。頻繁《ひんぱん》に部屋に来てはくれるが、「もうすぐルイが来るから大丈夫だ。今はゆっくり寝ろ」と言うばかりだった。

――ルイ……まだ、か？　あと……何時間？

吐く息が熱過ぎて、喉《のど》が焼けつく。息をするのも苦しかった。

それでも少しはましになってきているのか、起きた出来事を順序立ててみたり、イタリアと日本の時差や移動にかかる時間を考えてみたりと、体よりも先に頭が動きだしている。

時間経過によって自然に回復しているのかもしれないが、ルイに会える瞬間を心待ちにすることで、見えない力が湧いている気がした。

――会いたい……早く……会いたい……自分がスーラ一族にとって疫病神《やくびょうがみ》だって……改めて思い知ったけど……でも、ルイの眷属よりもずっと、ルイを愛してる……。

汗と一緒に、涙がこめかみを駆けていく。次々と溢《あふ》れだして枕《まくら》に染みた。

ルイに繁殖活動をさせるために、使役悪魔の本分を超えた血族達の執念《しゅうねん》に、震え上がるほど恐怖したのは事実だった。けれど彼らが執着すればするほど、紬にはルイの苦悩が見えてくる。

一族を衰退《すいたい》に導いてしまったことを申し訳ないとは思ったが、自己の存在を嫌悪《けんお》したり憎《にく》んだりする以上に、ルイを守りたい気持ちが強まった。思い上がりでもなんでもない。ルイには自分が必要で、彼を幸せにできるのは自分だけだと信じられる。

今回のような出来事があったからといって、スーラ一族のために……と、身を引くわけにはいかないのだ。そんなことをして喜ぶのは彼の血族だけで、ルイは決して喜ばない。幸せにもなれない。自分が愛しているのはスーラ一族ではなくルイ自身だ。だから絶対に引かない。

「ルイ……」

枕に半面を埋めながら名前を口にしてみると、不意に薔薇の香気を感じた。

ほんのわずかだったが、ルイの匂いがしたように思えて……紲は左手を顔に寄せてみる。

薬指には何もなく、中指には蒼真の指輪が嵌っていた。おそらく暫定的《ざんていてき》に嵌めたのだろうが、六十五年も嵌めていたのでしっくりときている。

──ルイの指輪……してないのに、ルイの匂いがした。気のせいか……？

記憶している限り、大切なあの指輪は湟城が呑み込んでしまったはずだった。

湟城の死亡を確認してはいないものの、出血量や最後に見た顔色からして、おそらく生きてはいないだろう。指輪の行方《ゆくえ》は不明だが、返して欲しいと強く思った。

しかし今はそれ以上に、ルイ本人に会いたい。時間を一刻《いっこく》も早く進めたかった。今頃はもう日本に着いているだろうか？　それともまだ空の上だろうか？　一分一秒でも早く会いたくて、重苦しい体から魂が抜けだしそうになる──。

「……っ！」

半分泣きながら寝返りを打った紲は、その直後に目を剃いた。

高熱のために五感が鈍《にぶ》っていたが、間違いない――やはりルイの匂いを感じる。

先程微《かす》かに嗅ぎ取った匂いは錯覚《さっかく》ではなかったのだ。意識を嗅覚に集中させると、扉の下の隙間《すきま》から流れてきているのがわかる。

――ルイだ……っ、指輪からはこんなに匂わない……本人が来てる……っ！

紲はベッドから勢いよく起き上がり、床に立った途端に眩暈《めまい》に襲われる。

立ち暗みで目の前が真っ暗になったが、そのまましばらく静止していると次第に物が正常に見えてきた。夜間で外は暗く、室内は間接照明が一つ点いている。廊下に繋がる扉の下からは光のラインが見え、そこから確かにルイの匂いが流れ込んでいた。至極微量ではあるが、紲の嗅覚は愛しい匂いを嗅ぎ間違えたりはしない。

――ルイ……ルイ……ッ！

扉を開けて廊下に出た紲は、一階の応接室に向かって壁伝いに歩いていく。頭で考えるより先に、匂いを追っていた。スリッパを履《は》き忘れたせいで、床の冷たさが踵《かかと》に沁みる。いつもは寝間着を着ているが、今はバスローブ姿だった。着替えがなくなったからなのか、自分のではなく蒼真の物だ。大き過ぎて肩がずり落ちそうになる。

――声が……っ、蒼真の声……？

さらさらとした感触の壁に張りつきながら歩いていくと、応接室のほうから怒鳴り声がした。まだ何を言っているのかまではわからなかったが、蒼真の声に間違いない。

怒鳴ることなど滅多《めった》にないので、相手がルイなのは想像に難くなかった。

「紲がオッドアイになったのだって、お前が無理やりヴァンピールにしようとしたせいだろ！　あんな無茶をしなければ俺の血を混ぜる必要なんてなかったんだっ」

紲は声が辛《かろ》うじて聞き取れる位置で足を止め、喉も鳴らせないほど身を強張《こわば》らせる。

盗み聞きをしようと思ったわけではないが、蒼真は余程のことがない限り激昂《げっこう》しないため、驚いて動くに動けなかった。

――蒼真の血？　あの時の……輸血のことか？

紲は無意識に左手首を擦り、昨年の十二月に起きたことを思い返す。

ヴァンピールになれと迫るルイから逃げ回ったせいで強引に咬まれ、出血多量で死にかけた紲は、やむを得ず蒼真に輸血してもらったのだ。貴族の血の力を借りなければ、命を落としているところだった。

「本当にオッドアイになったのか自分の目で確認したい……っ、とにかく会わせろ！」

「偉《えら》そうに命令すんなよ！　お前まだ俺に一言も謝ってないんだからなっ、お前んとこの赤眼が何やったかわかってんのか⁉　勝手に日本に踏み込んできた挙げ句に俺の管理区域を荒らして、人間の目につく場所で騒動を起こした！　そのうえ俺の息子を半殺しにしたんだぞ！」

蒼真の怒号と共にドンッ！　と音がして、ルイの体が壁に打ちつけられたのがわかる。

紲はルイの声を確かに聞いたが、今は再会できる喜びよりも焦燥のほうが強かった。

「私の眷属が勝手な真似をしたことは悪かったと思っている。紲を救ってくれたことにも感謝している……っ、そうでなければ紲に会うのにお前の了解を得ようなどとは思わない！　頼むから今すぐ会わせてくれ！」

「嫌だね！　今回俺は本気で頭にきてんだ！　お前の眷属に対してじゃなく、お前にな！」

「――ッ、ゥ！」

再び壁に激突する音が響き、ルイが呻く。

全力で戦えばルイのほうが強いはずだったが、抵抗している様子はなかった。

「お前の眷属は俺を騙《だま》して紲を連れていったうえに、本気で殺そうとしたんだぞ！　どう考えたって異常な行動だ。けどアイツらが悪いわけじゃない。そこまでさせたお前の責任だ！」

「……っ、私は……自分の信念に従ったまでだ！」

ルイの悲痛な声を聞き、紲は壁に縋《すが》ったまま一歩踏みだす。

しかし同時に、「ふざけんな！」と耳を劈《つんざ》くような怒声が響いた。

「紲を本気で守りたいと思うなら、紲が危険な目に遭《あ》わないよう最善の努力をすべきだったんじゃないのかっ⁉　お前が一族の長《おさ》として果たすべき繁殖活動を最低限こなしていれば、誰も紲を排除《はいじょ》しようとはしなかったはずだ。愛だの恋だの綺麗事《きれいごと》ばっかほざいて、やるべきことをやらないからこんなことになったんだろ⁉」

「獣《けもの》に何がわかる！　あのような下劣《げれつ》な真似……っ、愛する者がいたらできるはずがない！」

「ああわかんないね、わかりたくもねぇよ！　たかが種付けだろ⁉　月に一回お前がちょっと我慢《がまん》すればいいだけだ！　それで紲の身が守れるんだぞ！　やれよそんくらい！　それができないなら赤眼全員殺しておけ！　中途半端《ちゅうとはんぱ》なことして愛とか語ってんじゃねぇ‼」

蒼真がルイの背中を壁に叩きつける音、そしてルイが呻く声――三度目になるそれらを耳にした紲は、遂《つい》に耐え切れなくなる。

ふらつく足で応接室の扉に向かい、両手でレバーを下げて扉自体を体で押した。そうでもしないと開けることができないほど力が入らず、開いた空間の眩《まぶ》しさに目が眩《くら》みそうになる。ごく平均的な照明が、真夏の太陽のようにギラギラと光って見えた。

「紲っ！」

ルイの声がして、倒れかけた体を抱き留められる。

視界はまだ晴れなかったが、匂いや声や肌の感触でルイを感じられた。

もう二度と離れたくなくて、残る力を籠めてルイの体に縋りつく。背中と腕を何度も擦り、低温の肌と逞《たくま》しい肉体を存分に味わった。

「ルイ……ッ、ルイ……！」

高雅《こうが》な薔薇の香りに混じって、いくつもの死臭が鼻を衝《つ》く。

ルイのものではない薔薇の香りが、彼の体に纏《まと》わりついていた。

一度嗅いだことのある香りばかりだった。湟城の匂いはしないが、クレマンの匂いはする。

地上の薔薇とは異なる九種類の似通った香り――それらは一つ残らず死臭に変化していた。

「紲……っ、紲……私を許してくれ……」

ルイの両腕で抱き締められた紲は、彼のシャツの袖口《そでぐち》や襟《えり》に赤い染みを認める。

何をしてきたのか、考えるまでもない。蒼真にはあの使役悪魔達を粛清《しゅくせい》する権利があるはずだが、これまでに蒼真の体から死臭は一切しなかった。

「――っ、十……二月に……来日、したばかりなのに……もう、来て……平気なのか？」

紲はルイに眷属のことを訊けなくて、力いっぱい抱きつきながら別のことを問いかけた。

ルイは息を詰まらせただけで答えず、それでも頷いていることがわかるよう、紲の頭に顔を寄せる。沈黙のまま何度も頷いて、最後にやっと「何も心配しなくていい」と言った。

発熱し続ける紲にはルイの冷たい体が心地好かったが、体温はすぐに移っていく。

ルイがここに居て、自分もここに居て、触れ合っているのだと実感できた。

――心配しなくていいわけは……ないけど……少しだけこのまま……。

ほんの少しでいいから、何も考えずに眠りたかった。

訊きたいことも言いたいこともたくさんあり、向き合わなければならない多くのことが押し寄せている予感もある。けれどその前に少しだけ時間が欲しい。もう逃げたりはしないから、せめて少しの間だけ……ルイの傍で眠らせて欲しかった。

10

紲が寝室として使っている六畳の洋室は、自然素材の天井と壁、鹿島の森が見える窓硝子で囲まれている。外の闇《やみ》は濃くなり、間もなく日付が変わろうとしていた。

灯りを控えめにした部屋で、ルイはベッドの横に置いた椅子に座っている。あれから昏々《こんこん》と眠り続ける紲の手を、片時も離さずに握っていた。蒼真が言うには徐々に快方《かいほう》に向かっていて、熱もだいぶ下がったらしい。今は人間の微熱《びねつ》程度になっていた。

——淫魔に変容させて瞳の色を確認するまでもない……魔力の質が決定的に違う。赤眼でも貴族でもない者になってしまった……。

ルイは握っていた手を一時的に離すと、濡れたタオルで紲の汗を拭《ぬぐ》う。

時折魘《うな》されて涙を零すこともあり、こめかみに跡《あと》がついていた。それも一緒に拭いながら、前髪を除けた額に唇を押し当てる。

「——シャワー浴びて着替えろよ。何も持ってきてないんだろ?」

ノックもせずに部屋に入ってきた蒼真は、手に洋服一式とバスタオルと思われる物を持っていた。それらは透明《とうめい》の大きなビニール袋に入れられて、口を閉じられている。

「気遣いは無用だ。着替えはあとで調達する」

「あのさ、だからお前は身勝手だって言われんだよ。俺がお前をすぐ紲に会わせなかったのは、お前が死臭プンプンさせてるせいもあったんだ。紲の鼻がどんだけいいかわかってんだろ？」

「……っ」

「お前が自分の眷属を始末したことを、紲はもう気づいてる。俺達にとっては大したことじゃなくても、紲にとってはそういうことがいちいちストレスになるんだ。あとで落ち着いてから説明するのと、死臭を嗅がせて血を見せるのとじゃ全然違うだろ？　どうしてそういうことに頭が回らないんだ？」

　蒼真は呆れたように言うと、ビニール袋を放り投げてきた。

　座ったまま受け止めたルイは、中身を注視する。シャワーを浴び終えるまでは開けてはいけない袋の中には、蒼真の物にしてはノーブルなデザインの、シャツとスーツが入っていた。

「体格は似たようなもんだし、入るだろ？　獣人風情の服が着られるかとか、寸分違《たが》わず体に合ってるオーダーメイドじゃなきゃ嫌だとか言うなよ。俺の結界から叩きだすからな」

「――客間のシャワーを借りる……紲に、ついていてやってくれ」

　ルイは渡された衣類を手にしたまま、紲の寝顔を見つめる。

　淫魔に変容し、精液を摂取しようとするのが自然であるにもかかわらず、それすらできない特異な状況に胸が騒いだ。

蒼真に指摘されるまで、眷属を抹殺したことを隠さなければならないという意識がなかった自分を拙《つたな》いとは思っているが……会いたいという気持ち以上に、紲が呼んでいるという直感のほうが今回は強かった。死臭を嗅いでどう感じるかなど思いやる余裕はなく、今の紲にとって一番必要なのは、自分が早く行くことだと信じて行動した。

――蒼真の考えがすべて正しいとは思わないが、私が至らぬばかりに紲を傷つけているのは事実だ。血族を全員……先手を打って始末しておくべきだった。

悔恨《かいこん》に苛《さいな》まれながら二階に上がったルイは、客間のバスルームを使う。

勢いよくシャワーを出して髪も顔も濡らし、九人の血族を抹殺した指先を見下ろした。

嫌々作ったとはいえ一応は自分の子供であり、他人に殺されれば怒りが湧いて報復《ほうふく》したくもなるのだが――そういった時の衝動《しょうどう》ですら、貴族悪魔の場合は愛情よりも沽券《こけん》に関わる部分が大きい。人間とは根本的に感覚が違うのだ。主に逆らう者など決して存在してはならず、掟に背《そむ》いた者は始末して然《しか》るべきとされている。他人の手を煩《わずら》わせることは恥《はじ》であるため、ルイは一族の長として当たり前のことをしたまでだった。

しかし紲はそれを当然とは思わない。自分を殺そうとした相手だからといって、死を望みはしないだろう。「殺してくれてありがとう」とは絶対に言わないし、思いもしない。そういう紲の性格をわかっているのに、愚《おろ》かなことをしてしまった。激しい恋情は傷つける言い訳にはならず、どれだけ省察《せいさつ》して悔やんでも足りない――。

――紲が本当にオッドアイになったとすれば……考えたくもない状況に陥《おちい》る可能性がある。

身内に煩わされている場合ではない……今度こそ私が紲を守らなければ……！

ルイは胸に拳《こぶし》を当てて誓《ちか》い、人間から吸血鬼へと変容する。

シャワーを止めて嗅覚の感度を上げ、死臭が落ちたか否かを確認しながら鏡《かがみ》を睨《にら》み据《す》えた。

そこには紫色の瞳が映っている。左右どちらも同じ色をしていた。

これこそが貴族の証《あかし》であり、片方だけが紫色では貴族とは認められない。

混血悪魔は大別して二種のみで、貴族悪魔か使役悪魔か、そのどちらかに分類されている。

紲は希少な先祖返りの亜種で、分類としては使役悪魔の淫魔だった。今でもそれに変わりはない。しかし今までのように、赤眼と呼ばれる存在ではなくなってしまった。


紲が起きたらどう説明するかを考えながら身形を整えたルイは、客間を出て一階に戻る。

廊下を歩いていると寝室から話し声が聞こえ、慌てて扉を開けると紲と目が合った。

ベッドの上で身を起こしていた紲は、椅子に座る蒼真からアイソトニック飲料を受け取って、それを飲もうとしているところだった。

「紲……っ」

「――ルイ……」

「今さっき起きたとこ。二人で話したいなら俺は席を外すし、必要なら結界の外に出ていってやってもいい。けど、例の話をするなら同席する。俺にも無関係な話じゃないからな」

蒼真の言葉に、紲は困惑気味な顔をした。自分の体に何か異様なことが起きていて、それについて話されることを察している様子だった。

紲が目を覚ました時、傍に居たのが何故自分ではないのか……間の悪さに苛立《いらだ》ちながらも、ルイは極力穏《おだ》やかな表情を心掛ける。

一番不安なのは誰なのかよく考えて、蒼真の隣に腰かけた。

「着替えのために二階に行っていた。傍に居られなくてすまなかった」

紲は枕を背にした状態で視線を送ってきて、服装を確認するなり何か気づいたような顔をする。蒼真の服だとわかったのだろうが、そのことには触れずに、「心配かけてごめん……」と、掠《かす》れた声で呟《つぶや》いた。喉が渇《かわ》いていたらしく、少し咳《せき》をしてからペットボトルに口をつける。

「体調はもういいのか？　お前に色々と話しておきたいことがあるが、明日の朝でも構わない話だ。調子が悪ければ無理はしなくていい」

「もう平気だ……熱よりも眠れないのがちょっとつらくて……けど凄《すご》い熟睡《じゅくすい》したみたいだし、熱も下がったから大丈夫。なんか、変容もできそう……」

紲の言葉にルイと蒼真は同じ反応をする。ぴくっと肩を揺らし、無意識に顔を見合わせた。

変容できるに越したことはないが、紲の変化を目の当たりにするのは恐ろしかった。

ルイにとっても蒼真にとっても望ましくないことが、確実になってしまう。

「変容……したら、俺の左目……紫になるのか？」

「！」

紲は瞼を閉じて変容する素振《そぶ》りを見せたが、結局変容しないまま亜麻色の瞳を露《あら》わにする。

「十二月の……満月の夜に蒼真から輸血してもらって、そのあと少ししてから左目が痛くなることが時々あった。でも昨日は違ってた。痛いというより熱くて、そこから体中に力が溢れて、使役悪魔相手に威令が使えたんだ。なんて言うか、急に自分が強く……偉くなった気がした。自信が漲ってきて……でも最終的には抱え切れなくなって、パンクしそうな感覚だった」

紲は途中から少し早口になり、気を静めるべく再び喉を潤《うるお》す。

そして何かを探す仕草《しぐさ》のあとで、蒼真から渡されたキャップを受け取って閉めた。

「オッドアイって、どういう存在なんだ？　左右の目の色が違うってことだよな？　それって、悪魔的にはどうなるんだ？」

「――オッドアイは通称で、日本語では半異体悪魔と呼ばれている」

「半異体……悪魔？」

「貴族ではなく使役悪魔の一種だが、限りなく貴族に近い存在と言えるだろう。だが通常……オッドアイは貴族のなりそこないと言われ、突然進化してなるようなものではない」

ルイがそこまで説明すると、隣の蒼真が「なりそこないはないだろ」と口を挟んでくる。

「なりそこないって、どういうことだ？」

「ほんとは貴族として育てられるはずだったのに、親が途中で死んだり育児放棄《ほうき》したりすると栄養が足りなくなって、貴族と赤眼の中間みたいな半端な存在になるってこと。産まれた時は貴族も赤眼も差はないんだけど、貴族として育てられる跡取り息子は第二次性徴《せいちょう》を迎えて覚醒《かくせい》するまで、ほぼ毎日父親の血を飲まなきゃならない。約十二年、場合によっては十五年くらいかかることもある。同じオッドアイでも、どれだけの期間父親の血を飲んできたかで能力差が出るものなんだ。赤眼とほとんど変わらない奴もいれば、貴族にかなり近い奴も居るらしい。寿命《じゅみょう》も様々で、とにかく個体差が大きいのが特徴だ。ちなみに過去の記録では、威令を下せるオッドアイは存在してない」

「――っ」

紲は人間の姿のまま左半面に触れ、所在なく視線を彷徨《さまよ》わせる。既存のオッドアイとは違う育ちかたをしているにもかかわらず、威令まで下せてしまった自分はいったいなんなのかと、酷く不安げな表情だった。

ルイは羽毛《うもう》の上掛けの上にある紲の手を取り、包み込むように握り締める。

「ここからは推測《すいそく》に過ぎないが、元々魔力の強い亜種であるお前の体に、私の毒と蒼真の血が大量に加わり、さらに二人の貴族の精液を満月の夜に摂取したことによって、突然変異が起きたのかもしれない。通常はあり得ないが……」

「それで……オッドアイになったらどうなるんだ？　俺はこれからも普通に暮らせるのか？　お前の番になって、香水が完成したらヴァンピールになって……」

青ざめる紲の前で、ルイも蒼真も口を噤《つぐ》む。

紲がオッドアイになったらしいと聞いた時から、同じことを考えていた。

同時期に何人も存在しない希少なオッドアイに関しては、教会の明確な規定がなく——紲を貴族に近い者と判断するか使役悪魔に近い者と判断するか、決めるのは女王だ。その結果で、未来は天と地ほども変わってしまう——。

「俺から話すよ」

不意に蒼真が口を開き、椅子を引いてベッドに向けて身を乗りだした。

紲はルイの手を強く握り返したが、蒼真の顔を真っ直ぐに見て息を呑む。

「まず結論から言っておくと、お前はもうヴァンピールにはなれない」

「……っ、そう、なのか？　どうして……っ、悪魔として一旦死ねばいいんじゃないのか？」

「これまではそうだったけど、一旦死ぬってのが危険過ぎて無理になった。貴族は他の貴族の眷属にはなれないものなんだ。お前が貴族寄りに……それもたぶん俺の血の影響で貴族に近い存在になったと考えると、一旦死んでからヴァンピールとして蘇《よみがえ》るとは考えにくい」

「それじゃ俺は……あと二十年くらいしたら死ぬのか？　寿命通りに……っ」

「そうではない！　オッドアイの寿命は赤眼よりは長いはずだっ」

ルイは思わず声を上げ、震《ふる》える紺の手を左右纏《まと》めて握る。

紺は唇を戦慄《わなな》かせるばかりで言葉にはしなかったが、どれだけの責め苦に苛まれているか、目に見えるようにわかった。

自分も同じだからわかる。何故もっと早く再会しなかったのか……何故もっと素直に想いを告げなかったのか、思い起こせばすべて自分が悪い。けれど紺は紺で己《おのれ》を責める。互いに後悔などしたくはないのに、辿《たど》ってきた道を遡《さかのぼ》って――やり直したくて堪らなくなる。

「問題は寿命だけじゃないんだ。これからお前は、女王に顔を見せに行くことになる」

「……っ、俺が……女王に……っ⁉」

「純血種には、混血悪魔の能力の度合いや残り寿命がわかるからだ。そこでもしも貴族に近いタイプのオッドアイだと判断された場合、お前は貴族悪魔と一緒には暮らせなくなる」

「嘘《うそ》だ！　どうして、なんだってそんな……っ、俺は貴族じゃないのに！」

「貴族同士が長期間一緒に居ると、片方が女性化して純血種を生みだす恐れがある……それは教会の最大禁忌《きんき》で、貴族寄りのオッドアイにも同じ危険性があるからだ」

蒼真が語った最悪の可能性を耳にした瞬間、紺は首を左右に振った。無心で何度も振って、血色を失った唇で「違う！」と叫ぶ。嗄《か》れ気味で、あまりにも悲痛な声だった。

「俺は使役悪魔だ！　貴族に近いなんてことは絶対ない！　ルイと一緒に居ても女性化なんてしないしっ、なんの危険もない！　俺は……っ……」

「紲っ！　紲……っ」

ルイは握っていた紲の手を引き寄せ、暴《あば》れだそうとする体を抱き留める。

そうしていても紲の体は陸に上げた魚のように滅茶苦茶《めちゃくちゃ》に動き、聞き取れない言葉を叫んでいた。完全にパニックを起こして、らしからぬ状態に陥っている。

「紲……大丈夫だっ、何も心配要らない！　たとえ何が起きようと私は必ず傍に居る。女王が如何《いか》なる裁定《さいてい》を下そうと、必ず……っ」

「ああぁ……あ、あ……っ、うあぁ――っ!!」

羽毛の上掛けを蹴散らしながら暴れられるだけ暴れ、バスローブも脱《ぬ》げて半裸状態になった紲は、絶叫《ぜっきょう》しながら縋りついてくる。錯乱《さくらん》しているのは明らかで、縋るというよりは掻き毟る勢いだった。引っかかれた首にも手にも痛みが走り、ルイは自分の血の匂いを嗅ぎ取る。

「――っ、紲……一緒に居るから……っ、お前がオッドアイでも……女性化したとしても私は何も変わらない！　お前の傍に居る！　お前の命が尽きるまで生きて、死ぬ時も一緒だ！」

「う、う……っ、う……ぅ、ぅ……ル、イ……」

猛烈《もうれつ》に暴れていた紲は突然糸が切れたかのように身を崩《くず》し、肩に顔を埋めてきた。

いつの間にか立ち上がっていた蒼真が扉を開ける音がして、それは速《すみ》やかに閉められる。

二人きりになった小さな部屋の中は、すでに蜜林檎の香りで満ちていた。紲が自分を求めているのが、これ以上ないほど強く感じられる。

「ルイ……ルイ……俺が、悪いんだ……すぐに、ヴァンピールにならなかったから……っ」

「お前が悪いわけではない！　私の罪《つみ》だ……私がお前の気持ちを理解できなかったせいだ！」

「──っ、違う……でも俺……っ、怖いんだ……自業自得なのわかってるけど、怖い……っ」

紲はルイの肩に額を当てたまま叫び、声を詰まらせて苦しげな呼吸を繰り返す。

嘆《なげ》くのも絶望するのも当然だった。許されるものなら、自分も一緒に泣き叫びたい。

突然変異により、半異体悪魔──通称オッドアイになってしまった紲は、ルイと同じだけの寿命を得ることができなくなり、いったいどれだけ生きられるのか現時点ではわからない。

そして女王の裁定次第では、ルイはもちろん、蒼真とも一緒に暮らせなくなる。

貴族と頻繁に会うことも恋仲になることも許されず、人間にすら襲われてしまう淫魔の身で、孤独と戦っていかなければならないのだ。

「──っ、ん……っ、う……！」

ルイは咽《むせ》び泣く紲の唇を塞《ふさ》ぎ、情動の赴《おもむ》くままベッドに組み敷く。

着崩れていたバスローブを脱がせながら、自分もマットの上に乗り上げた。

紲が首を斜めに伸ばしたのに合わせて逆向きに傾け、唇を交差させる。

「はっ、う……ん、う……っ」

口蓋《こうがい》を舌で突くように舐めながら、自身のシャツのボタンを外していった。

「──ッ、ン……ッ……」

女王が如何なる裁定を下そうと、必ず傍に居る――感情的に放った言葉に嘘はなく、ルイは覚悟を決めていた。

いつどのタイミングで決意したのか、自分でもわからないくらい当たり前に、紲と別れるという選択肢《せんたくし》がなかった。とにかく絶対に、絶対に一緒に居なければならないのだ。もう二度と離れてはいけない。これから何が起きようと、その結論だけは出ている。

「……ルイ……ッ、あ……っ！」

ルイの唾液《だえき》を啜《すす》った紲は、仰向《あおむ》けのままびくんっと体を震わせた。

きつく結ばれていた瞼が重らかに持ち上げられ、魔力が一気に高まっていく。

以前の紲とはやはり違う、高潔《こうけつ》にして鋭気《えいき》な力を感じられた。

淫魔ではあるが、蒼真から受け継いだ獣人系貴族悪魔の血が、本来の魔力を飛躍《ひやく》させている。

そして現われた瞳は、右が赤、左が紫になっていた。蠱惑的《こわくてき》で美しく、ルイにとっても紲にとっても絶望的な色の瞳に、黒いシルエットが映っていた。

「お前が死んだら私も死ぬ……どこの世に行こうとも、私達は一つだ」

紲は二色の瞳から涙を零し、こくりと頷いた。再び嗚咽を漏らしながら、「約束だ……っ」と言って頬に手を寄せてくる。肌の感触を確かめ、輪郭《りんかく》をなぞるように触れられた。

「ああ……約束する。誓いの指輪にも、改めてこの想いを籠める」

「――っ、指輪……っ、お前の指輪が……」

「何も心配しなくていい。あれは蒼真が……取り返した。帰国して穢《けが》れのない物を手に入れるまで待っていてくれ。私は何度でも変わらぬ愛をルビーにして、お前に捧《ささ》げる」

「……っ、う……っ」

豹の蒼真が摘出《てきしゅつ》した――とは言わずに濁《にご》したルイだったが、紲は青ざめながらむせび泣く。

最早言葉ではどうにもできない気がして、ルイは紲の唇をキスで塞いだ。微熱に見舞われた体の上に覆い被さり、淫蜜を滴《したた》らせる後孔に指を挿入《そうにゅう》する。

紲本人が過剰なショックに頽《くずお》れて泣いているにもかかわらず、淫魔の体は精液を求めていた。回復のために急いでいる兆《きざ》しがあり、媚肉がうねるように絡みついてくる。

「……ふ……うっ、ん……っ、う……っ」

「――ッ……ン……」

息苦しいほどのキスを続けていると、最初は怯えていた舌が応じ始めた。

狭隘《きょうあい》な肉を二本の指でずくずくと拡げながら、ルイは紲の膝裏《ひざうら》を掴む。片脚を胸の近くまで浮き上がらせ、肉洞を掻き混ぜていった。指で前立腺《ぜんりつせん》を刺激すると、紲は「んんっ……！」と喉を鳴らして仰《の》け反《ぞ》る。

快感による反射で逃げる唇を追って、ルイは絶え間なくキスをした。

肘《ひじ》ごと動かすように後孔を突き続けると、溢れた蜜が手首まで伝ってくる。濃厚な蜜林檎とホワイトフローラルの誘惑に、人間の男のように溺《おぼ》れそうになった。

「ふああっ、あ――っ！」

紲の体から指を抜いたルイは、はち切れんばかりに昂った物を捩《ね》じ込む。

蜜を零しながらも窄《すぼ》まっていた肉孔は、ルイの雄が触れるなり形に沿って拡がった。そして雄をくわえ込んだ瞬間、奥へ奥へと誘うように波打つ。

「――ッ、ン……紲……っ」

「あ、あ、あ……っ、ルイ……ッ、ルイ……！」

離した唇を再び近づけ、口を開いたまま舌先を練り合った。

温度の違う淫《みだ》らな吐息《といき》を交わしながら、繋いだ体を深めていく。

敏感な欲望のすべてで紲を感じ、ルイの心は求められる悦びに舞った。

紲はこれから先に起こることを恐れて今も小刻みに震えているが、ルイは紲ほど怖くはない。死ぬ時は一緒だと心に決めたから――たとえそれが千年先ではなく百年先でも、二十年先でも、自分が取る行動に変わりはないのだ。

「……紲っ、絶対に……お前と一緒に居る……っ、二度と放しはしない……！」

「はっ、あ……あぁ、あ……っ！」

ルイは紲の脚を肩に担《かつ》ぐように持ち上げ、腰を強く押しつける。

軋んで折れてしまいそうな体に、無遠慮《ぶえんりょ》に体重を乗せた。突き落としては最奥のさらに先を探って、痼《しこ》った乳首を指先で摘《つ》まみ上げる。

「ひっ、あ……や……あ、あ……っ！」

紲が病み上がりだという認識も、労《いた》わりたいという気持ちも、今はどこかに飛んでいた。

絶望と破滅によって固まっていく己の心に、ルイは興奮を覚える。

寿命など短くても構わなかった。長く生きたいなどと思ったことはない。ただ、紲と一緒に居たかった。存分に愛し合いたかった。それだけは絶対に叶《かな》えたい。

「ふあ……あぁ、あ……ルイッ……痛っ、ぃ……っ！」

ルイは紲が悲鳴を上げるほど激しく抱き、周囲の皮膚が真っ赤になるまで乳首を捏《こ》ねる。

止まらない激情に駆られ、気がつけば狂気的《きょうきてき》に腰を動かしていた。喰い殺したいほど愛しい恋人の体を、牙ではなく自身で突き続ける。

「ルイ……ッ、あ、あ……っ、あ――っ!!」

紲は全身を痙攣させながら精を放ち、ルイは恍惚《こうこつ》の中でその飛沫を浴びた。

びくっ、びくんっと繰り返される吐精に肌を打たれながら、際限のない欲望を叩きつける。

「ふああ、あ、ぁ、っ……っ！」

「――紲……っ！」

恐れずに立ち向かえ――ルイは自身の心に命ずる。愛を手に入れた自分は強い。恐れることなど何もないはずだ。死して肉体が滅びようとも、魂は永遠に寄り添うのだから――。

11

翌朝日本を発った紲は、直行便で約十二時間かけてイタリアに到着し、同日中にホーネット教会の本部へと向かっていた。

ミラノ中央駅から、列車ではなく教会所有の車両に乗って、約二時間――一月なので景色は雪ばかりだったが、途中にはトウモロコシ畑や、中世の古城や見張りの塔《とう》がいくつも見えた。

米大統領《アメリカだいとうりょう》が使っている黒塗りの防弾《ぼうだん》仕様バスに似た大型車の中には、紲とルイ、そして彼の虜十名と、教会本部から派遣された運転手と案内人が乗っている。

車体後部には真紅《しんく》の天鵞絨《ビロード》張りのシートが用意された貴族用個室があり、紲は個室の窓際に座ってルイと肩を並べていた。

目の前にはテーブルが置かれ、その先には巨大なスクリーンが取りつけられている。側面の窓からだけではなく、運転席からの眺めも見ることができた。

車が女王の結界内に踏み込むと、膝の上に置いていた手に触れられる。甲を包まれたので、紲は手首を返して掌を上向けた。そうすることで、よりしっかりと手を握り合う。

森の中を進むうちに、車窓からスーラ城の一部が見えてきた。

黒い円錐型《えんすいがた》の屋根が、暗い夜空を突くように聳《そび》えている。

「お前の城だ……」

「ああ、私達の城だ」

微笑《ほほえ》むルイの一言に、未《いま》だ不安定な紲の心は揺さぶられた。

本当は教会本部ではなく、あの城に行きたかった。元々はそのはずだったのだ。引っ越しの準備も整っていたし、送った荷物も届いていることだろう。

しかし行き先は教会本部と決まっている。女王の血族でもない使役悪魔が、女王に謁見《えっけん》するなど通常はあり得ないことだが、呼ばれてしまった以上、従うしかないのだ。

――そう言えば俺……連行されてるんだっけ……。

夜の森を進む車内で、紲はルイの手を見下ろした。

さながら手錠《てじょう》のようにしっかりと握ってくる彼の手は、まだ体温が移り切らずに冷たい。

ここに至るまでに聞いた話によると――ルイは新種のオッドアイを連行することを条件に、来日許可を取っていた。そう誓わなければ、イタリアを出ることすらできなかったからだ。

女王はルイよりも早く紲の変化を知っており、そのことが現在の慌《あわただ》しい状況を招いている。

純血種には千里眼《せんりがん》があるが、女王自身が紲の変化に気づいたわけではなかった。

元より千里眼は多大な魔力を消費するため、頻頻《ひんぴん》と使われるものではない。ましてや女王が使役悪魔を見張る道理がないのだ。

女王にオッドアイ誕生を知らせたのは、ルイの使役悪魔の一人、湟城だった。

紲がスーラ一族の使役悪魔に追われて森を逃げ回っていた時点で、彼はまだ生きていて……瀕死《ひんし》の状態で車から降り、吸血鬼と豹の戦いを遠目に見ていた。そして絶命する前に、香具山紲がオッドアイに変化した――と、教会本部に密告したのだ。

紲をルイから引き離し、ルイに繁殖を促そうとする使役悪魔の、決死の執念《しゅうねん》だった。それが実を結ぶのか否か、すべては女王の裁定にかかっている。

「……白い、砦《とりで》……あれが教会本部か？　水に囲まれてないんだな……」

雪深い森を進むと、石造りの白い壁のような物が見えた。ルイの城とは違い、城濠《じょうごう》ではなく見張り台のついた厚い砦に囲まれているらしい。その向こうにあるはずの城は見えなかった。

「本部の砦は湖岸にあり、湖の大部分を包囲している。水底から突きだした中央の小島に城が建っているというわけだ。跳ね橋ではなく、長く細い橋がかかっている」

本部も水に囲まれてるのか……と言おうとした直後、車が教会本部へのアプローチに差しかかる。真っ直ぐ延びた並木道がスクリーンに映しだされた。

森の木々に遮《さえぎ》られることなく、砦の大門が見えるようになる。

門は車が近づくに従って厳《おごそ》かに開き、その先に続く橋や湖面まで見えてきた。

バス一台分程度の幅しかない橋は、スーラ城の跳ね橋とは比較にならないくらい長い。道の傾斜《けいしゃ》や砦の厚みのせいもあって、大門を潜《くぐ》るまでその先の建物が見えないようになっていた。

しかしひとたび潜り抜ければ、視界が開けて全貌《ぜんぼう》を望むことができる。

もしこれが単なる観光なら、思わず身を乗りだして「わあっ」と声を上げるところだ。

砦の内側には城と橋しかない。残るは水と空だけだった。閉ざされた空間は想像以上に広く、初めは小さく感じた城が、橋を渡るうちに印象を変えていく。

「近くで見ると大きいな……もっと禍々《まがまが》しいのを想像してたのに、白くて綺麗だ。なんか……テーマパークとかにありそうだな。シンデレラとか住んでそうな……」

「城は美しいが、住んでいるのは魔女だ」

ルイは険《けん》のある口調で言うと、正面のスクリーンから顔を逸《そ》らした。

見るのも嫌と言わんばかりな表情は、紲があまり目にしたことのないもので、根深い嫌悪の感情が露骨《ろこつ》に表れている。紲に触れているほうの手は動かなかったが、もう片方の手は一定の間隔《かんかく》で肘掛けを叩いており、本人はそれに気づいていない様子だった。

荘厳《そうごん》かつ優美な城は、外観こそ童話に出てきそうな物だったが、内部は城というよりも教会本部と呼ぶに相応《ふさわ》しい雰囲気《ふんいき》だった。華美な調度品が多数置いてあり、吹き抜けの天井からは見たこともないほど大きなシャンデリアが下がっていて、大理石の床や階段には絨毯《じゅうたん》が敷いてあるものの、どことなく味気なく感じられる。いわゆる入館受付所に相当する小部屋に入って手続きをしたりボディチェックを受けたり、使役悪魔達が無言で警備をしている廊下を通って控室《ひかえしつ》で待たされたりと、やけにシステマチックなせいかもしれない。

城の奥に進むにあたり持ち込んではならない物も多くあり、紲の持ち物では携帯電話が一時預かりになった。もちろんドレスコードもあるため、紲はフランス製の亜麻色のスーツを着ている。ミラノで合流したルイの虜が持参した物だった。

控室で待たされている間に、ルイは予め《あらかじ》申請《しんせい》していた新しい番の指輪を受け取って、何語で書かれているのか紲にはわからない書類にサインする。そしてビニールの小袋に入れてあった古い指輪を、教会の担当者に渡して交換手続きを取った。

あれからルイの指輪を目にしたのは初めてで、紲は担当者が仰々《ぎょうぎょう》しく受け取るそれを複雑な想いで見つめる。指輪の窪《くぼ》みからは血の石が抜かれ、不完全ではあるものの……ルイから二度贈られたことのある指輪だった。胸に迫る愛の告白も、悲痛な叫びも、怒りも涙も染み込んでいる。さらには、ルイの血族が自分に向けてきた怨念《おんねん》までも――。

「――っ、そのままで……ルイ、今のままでいい……っ、そっちがいい……」

紲はリングピローの上に袋ごと置かれた指輪を見ながら、横に座るルイの袖《そで》を掴む。

これから何が待ち受けているかはわからず、何が起きても気持ちを新たにルイと共に生きていきたいと思っている。けれど、忘れてはならないこともあるのだ。指輪を新しくすることは逃げることと同じように思えて、酷く嫌だった。

「紲……この指輪は血に染まり、忌《い》まわしい念《ねん》が絡んでしまった。取り換えたほうがいい」

「ごめん……でもこれがいいんだ。俺は自分が何をしたのか……どういう存在なのか、お前が捨てたものとか全部、胸に刻みつけておきたい。この指輪の重さから逃げたくないんだっ」

紲がルイの手首を握って力を籠めると、彼は「紲……」とだけ呟く。

しばらく迷う様子を見せたが、一度溜め息をついてからは表情を切り替え、教会本部の使役悪魔に、「交換は取りやめる」と告げた。

小サロンのような趣《おもむき》がある控室で、紲はルイと二人きりになってから指輪を渡される。

ビニールから取りだしてみると、洗浄液や消毒薬の匂いばかりがした。死臭は完全に落ちているが、その代わりルイの匂いも消えている。石のない指輪は寂しく……王冠《おうかん》を戴《いただ》く大雀蜂《オオスズメバチ》と十字架《じゅうじか》の指輪の裏に、ルイ・エミリアン・ド・スーラの名がフランス語で刻まれていた。

「……本当によかったのか?」

「ああ、いいんだ」

紲は久しぶりに少し笑って、指輪を左手の薬指に自分で嵌める。

「お前が日本に来てくれて……うちの応接室で蒼真に色々責められてる時、思ったことがある。蒼真には言えなかったけど……」

ルイに対しても面と向かっては言いにくく、紲は血の石を待ち侘《わ》びる指輪を見つめた。

そこに籠められた様々な想いを辿るうちに、自分の気持ちが明瞭《めいりょう》な形で迫りだしてくる。

「……俺を守りたいと思うなら、お前は繁殖活動を続けるべきだったたって……蒼真が言ってたけど、でも俺は、お前の気持ちを嬉しいと思った。スーラ一族が衰退するのは怖いし、重いし、本当は皆が納得できる方法を取れたら一番いいとは思う……でも……」

お前の気持ちが嬉しかった俺は、同罪《どうざい》なんだ――その一言は、ルイの顔を見てから告げた。

貴族の使命とはいえ、つらい想いをしながら種付けなどしないで欲しかった。

そして自分も、ルイの体を誰にも分け与えたくない。たとえ不毛で破滅的な関係だとしても、共に進むと決めたのだ。滅びゆくことを恐れて、行き先を見失うわけにはいかない――。

「指輪に血を注いで石として固めるには、魔力も時間も必要になる。城に帰ってから、改めて誓いの儀式《ぎしき》をしよう。そう言えば三度目の正直という言葉があったな」

「そうだな、次が三度目……今度こそ大丈夫だ」

「七転八起《しちてんはっき》という言葉もある。私はお前のこととなるとしつこいから、何があってもしぶとく起き上がるぞ。この手を取って――」

指輪ごと手を握ってくるルイの瞳を見つめて、紲は涙を堪えながら笑う。

ルイに手を引かれるまでもなく、自分の手で起き上がりたいと思った。それでもルイの手は離さずに、命ある限り何度でも――。

女王の謁見の間に通された紲は、自分が今居る階が何階に当たるのかもわからないほど緊張しながら、赤い絨毯の上にルイと並んで立っていた。少なくとも十数階以上ではあるはずだが、階段の途中で扉を通ったり通路を抜けたり、下がったり上がったり曲がったりと、把握困難なほど歩かされたので、平常心であったとしてもわからなかったかもしれない。

ホーネット城とも呼ばれているこの城は、まるで迷路のような構造になっていた。

一見吹き抜けに見える階段は騙し絵さながらに複雑に入り組み、扉で遮られていたり、トンネル状態の暗い通路を抜けてまた吹き抜けに出たりと、明らかに迷わすことを目的に作られている。使われるルートはその時々変わり、扉の鍵を持つ案内人が居なければ上には行けない。

紲はルイに小声で指示され、予め言われていた通りに膝を落とす。

「——女王陛下だ……膝を落とせ」

ルイはそこまではせずに、胸に手を当てながら頭を少し下げる程度だった。

薔薇のレリーフの美しい金漆喰の天井と壁、地獄《じごく》の門のように鎮座《ちんざ》する豪奢《ごうしゃ》な鏡台《きょうだい》、そして無数の世界時計が目立つハニカム構造の部屋には、階段のついた玉座《ぎょくざ》が据《す》えられている。

階段から続く舞台様の玉座には奥行きがあり、仕切りの上部から側面に至るまでが、荘厳な金のカーテンで枠《わく》取られていた。カーテンとは言え実際には布ではなく、布に見立てた黄金の彫刻になっている。その内側には白い紗《しゃ》が下がり、玉座の中は薄《うっす》らと見える程度だった。

——限りなく黒に近い……薔薇の香りがする……。

調香師《ちょうこうし》としては興味深いが、しかし好みではない威圧的な匂いを感じた紲は、赤絨毯に膝を埋めながら耳を澄ます。

玉座は別の部屋に続いているらしく、開かれた扉から入ってきた女王の足音と、使役悪魔と思われる側近達の足音、そして衣擦《きぬず》れの音が聞こえてきた。頭を下げたままなので影《かげ》すら見えない状態だったが、聴覚《ちょうかく》と嗅覚に頼ればある程度のことはわかる。

紗の向こうの玉座には女王と女の使役悪魔が四人、こちら側にはルイと紲と、女王の直系と思われる貴族悪魔が二人居た。この二人は玉座の手前に、左右に分かれて立っている。

「――スーラ、其方《そなた》はこちらへ」

長椅子に腰かけるなり、女王はルイを呼びつけた。言語はフランス語で、声は紲が無意識にイメージしていた通りだった。かなり低めで、妖艶な印象を受ける。鷹揚《おうよう》に構えた話しかたは自信に溢れ、唯一無二の純血種の威厳《いげん》を感じられた。

ルイは歩きだす前に紲に視線を送り、唇こそ開かなかったが目で語りかけてくる。「教えた通り、落ち着いて挑《いど》め」と言われた気がした。

ルイが玉座に向かう階段を上り始めると、左側に立っていた貴族悪魔が飾り房《ふさ》のついた紐《ひも》を引く。同時に紗の一部が開いて、ルイだけが中に迎え入れられた。彼が女王の下に歩み寄り、跪《ひざまず》いて手に口づけるのがわかる。

「女王陛下にはご機嫌麗《うるわ》しく」

「麗しいわけがなかろう、面倒ばかり起こしおって……オッドアイを作りだすなど、謀叛《むほん》の心ありと見なされても文句は言えんぞ」

「恐れながら、陛下に逆らう気など毛頭ございません。オッドアイの誕生は偶発的《ぐうはつてき》なもので、私に予測できたはずがないのですから。現に陛下に真っ先にご報告したのは私の眷属、早々に日本に飛んでここまで連行してきたのは私です。忠心を疑われるのは心外というもの――」

「物は言いようだな、スーラ」

女王は手にしていた扇《おうぎ》を広げ、フッと笑う。

声をかけられるまでは挨拶すらしてはならない紲は、膝をついた姿勢のまま、少しだけ頭を上げてみた。できるだけ動かさないようにしつつも、視線を上向ける。

紗の向こうは、照明を控えめにしているこちら側よりもやや明るく、思いの外シルエットが見えた。中央には女王、奥のほうには女官《じょかん》的な立場の使役悪魔が四人、ルイは女王の斜め前に立っている。

女王の顔まではわからないが、着ている黒いドレスの形から、肉感的なボディラインが見て取れた。女性としては長身のように見える。

「李はこの淫魔と縁《えん》を切るそうだな。予《かね》てより執心《しゅうしん》していた其方はどうしたいのだ?」

「お許しいただけるならば番になりたいと思っております。陛下の僕《しもべ》の一人であるこの淫魔を、私に御下《かし》賜くださるい」

ルイの声に幾何《いくばく》かの緊張を感じて、紲は息を呑む。

紲が貴族に近いタイプの半異体悪魔と判断された場合、ルイは紲を番にはできなくなるのだ。

それどころか、頻繁に会えないよう引き裂《ひさ》かれるのは必至だった。貴族同士は恋仲になることも禁じられているため、最悪の場合は紲が処刑《しょけい》される可能性もある。ルイが女王の愛人的な立場を利用し、機嫌を損《そこ》ねないよう注意深く話しているのも無理はなかった。

「其方は大人しく我に仕えてきた故――淫魔の一匹や二匹くれてやりたいところだが、オッドアイとなるとそうもいかん。貴族の雄の精など注いでいては、何が起きるかわからんからな」

「――っ、この者が貴族に近く……女性化する危険性があると仰《おっしゃ》るのですか？」

「いや、そうは言っておらん。確かに魔力は強いが赤眼に近く、寿命は残り百年少々といったところであろう。性を変えられるほど力があるようには見えない」

いきなり寿命を見抜かれたうえに用意もなく聞かされ、紲は思わず顔を上げてしまう。

元々の残り寿命が約二十年だったので、女王の言う通りなら百年延びたことになる。

「報告によると威令を下せたそうだが、単に危機的な状況だったからと考えれば説明はつく。本来は赤眼に毛の生えた程度で、貴族の真似事などできる器ではないのだ」

「それならば、私の番となっても問題ないはずでは？」

食い下がるルイのほうを見た女王が、扇を勢いよく閉じる。

何かを言ったわけではなかったが、紗を挟んで離れている紲にも空気の強張《こわば》りを感じられた。

女王が戦う姿を見るまでもなく、絶対に敵わない相手だとわかる。

そういった圧倒的な力の違いが存在することを、嫌というほど思い知らされた。

気づけば全身に鳥肌が立ち、つかずに立てているほうの膝が小刻みに震えている。

「スーラ、其方に選ばせてやろう。二者択一《にしゃたくいつ》――それ以外はあり得ない」

女王は紲と言葉を交わす気がないようで、あくまでもルイにのみ話しかけていた。

選択肢を口にされる前にどうにか説得を試みようとしているルイは、「お待ちくださいっ」と遮るものの、女王は取り合わずに「一つ目は……」と、語り始める。

「李が提出した離縁届と移転願いを棄却《ききゃく》し、その淫魔を李の番として日本に帰す。其方と会うことは許さんが、命だけは助けてやろう」

「何故……何故そんな！　蒼真ならよくて私ではいけないという理由がわかりませんっ」

「理由はある。我の目には、その淫魔が李の血族に相当する者に見えるからだ」

「――っ」

「貴族同士でも、血族であれば性の転換は起きない。そこに居る兄弟のようにな――」

女王の言葉を耳にした紲は、黄金のカーテンの手前に立っている貴族悪魔に目を向ける。

彼らはおそらく女王の息子で、新貴族とされる吸血鬼だった。純血種は無制限に貴族悪魔を生みだす力があるため、女王の息子達だけは貴族の兄弟を持つことができる。

「獣人は男色を好まぬもの……李ならばその淫魔を抱くこともあるまい。今後どう変化するかわからない者を預ける相手としてもっとも安全な貴族と言える。逆に其方の傍に置いて男女のように交わらせるのは危険だ。何か悪いことが起こりそうな——嫌な予感しかしない」

「それは杞憂《きゆう》というもの……っ、赤眼に近いのであれば禁忌を犯すことなどないはずです！」

ルイの声は怒りに震え、女王に詰め寄るように一歩を踏みだす。

黙って任せるしかない紲は、番う相手は疎か、生き死にまで勝手に決められる混血悪魔の立場を痛感した。使役悪魔の自分だけではなく、貴族悪魔でさえ純血種には逆らえない。

崇美《すうび》な吸血鬼であるルイも、孤高の豹である蒼真も、女王の前では弱者になってしまうのだ。

それは生物としての絶対的な力の差であり、決して超えることはできない——。

「其方はいつから我に意見するようになったのだ？　半分人間の分際《ぶんざい》で偉そうな口を叩くな」

「……っ、申し訳……ございません。二つ目の選択肢を、お聞かせください」

「その淫魔の死だ」

女王は勿体《もったい》ぶることも凄むこともなく、実にあっさりと口にした。

残り寿命について百年少々と言い切られた時もそうだったが、紲は自分が些末《さまつ》な存在として扱われているのを嫌と言うほど感じ取る。視線を向けられたのも最初だけだった。

「突然変異でオッドアイになるという現象が起きている以上、油断は禁物だ。禁忌に抵触する危険を孕む芽《め》は、早く摘んでおくのが順当であろう？　スーラ、ここまで言わねばわからぬのか？　李に預けるのは最大級の恩情。其方が望む者でなくば即刻処刑しているところだ」

閉じた扇で胸元を突かれたルイは、「……ッ」と呻いて押されるまま後退する。

紗の向こうから流れてくる毒々しい黒薔薇の香りは、ルイの香りを黒く蝕《むしば》むような強さで、謁見の間に広がっていた。

紲の類稀な嗅覚を以てしても正確な嗅ぎ分けが不可能になるほど、他の貴族悪魔や使役悪魔の匂いを傷つけている。体臭として匂いそのものが強いわけではなく、気相成分が分子として優位にあり、他者の香り成分を打ち負かしている印象だった。

「どちらを選ぶのだ？　其方が選べぬと言うなら、このまま淫魔の首を刎《は》ねようぞ。いや……それではつまらぬな。息子達の玩具《おもちゃ》にして、生きながら解体するとしよう」

女王の声だけが響き、しばらくは沈黙が続いた。

紲は耳を塞ぎたいほどの恐怖の中で、紗の向こうから届く匂いを嗅ぎ続ける。

生物にとって匂いとは、生きていくうえで必要不可欠なものだ。命の危機を察するためにも、食物を得るためにも、繁殖のためにも必要なもの——ましてや悪魔という生物は、人間以上に嗅覚に頼って生きている。

紲の鼻は、女王の匂いを有害なものとして感知していた。恐ろしく強大な天敵を前にして、死の顎門《あぎと》に呑み込まれる感覚に襲われる。心身は萎縮《いしゅく》し、逆らう気力すらも削《そ》ぎ落とされた。

12

ルイと共に教会本部を後にした紲は、そこから程近いスーラ城に向かった。

車内は通夜帰りのように静まり返り、ルイは何も言わない。行きと同じ個室で手を握ってはきたが、視線を合わせようとはせず、言葉一つかけてこなかった。今回はルイが窓際に座っていて、彼は外ばかり見ている。

二者択一と言って引かなかった女王に迫られ、ルイは紲が生き残る道を選んだ。

さらには女王から繁殖活動を再開するよう命じられ、是と言うしかなかった。

二人で過ごせる時間はあと一日だけ――明日には蒼真が迎えにくることになっている。

それからすぐにミラノを発ち、日本に戻って元の暮らしをしなければならない。

もう二度とルイに会うことはできないのだ。

恋心を募《つの》らせるだけで女性化した貴族の前例があるという理由から、連絡を取ることすらも許されなかった。

ルイと縁を切っていた六十五年間とは違い、今後は『le lien』を接点に仕事上の関係を持つことも禁じられている。二人の間には何もなくなるのだ。

時間を戻す以上に悪い事態に陥ってしまったが、蒼真と一緒なら、平穏《へいおん》で楽で、それなりに幸せに過ごせる気がした。会えなくても死ぬよりはましだと考え、お互いの無事を遠く離れた場所から祈り合うのが賢明《けんめい》なのかもしれない。

──蒼真と一緒に暮らせば……あと百年以上普通に生きていける。誰にも迷惑をかけなくて済むし、蒼真がルイに会った時は……ルイの近況を聞いたり移り香を嗅いだりできるかもしれない。これからはそれだけを楽しみに、大人しく生きて……。

紲は握られている手を見つめ、深い溜め息をつく。

女王の裁定を覆《くつがえ》すことができないのは確かで、それは十分身に沁みた。

ルイも蒼真も敵わない相手に、自分が逆らえるはずがない。女王を敵に回すということは、ホーネット教会に属する悪魔全員を敵に回すのと同じだった。

独裁者《どくさいしゃ》による恐怖支配が悪魔達を掟で縛り、争いのない魔族社会を実現している。反逆者が見せしめに殺されるのもやむを得ず、すべては必要悪というものだった。

──使役悪魔に追われただけでも、あんなに怖かったのに……。

思い返した途端に肌が粟立《あわだ》ち、不快《ふかい》な悪寒《おかん》が背筋《せすじ》を駆けていく。

ルイの手を強く握り返すと、彼はようやく視線を向けてきた。

「紲……？」

「どうして外ばかり見てるんだ？」

不安で堪らないから、俺のほうをちゃんと見てくれ――紲は目で訴《うった》え、唇を引き結ぶ。

結局女王には名乗ることすら許されず、名前で呼ばれることもなかった。純血種や貴族悪魔から見たら弱くて軽い命なのかもしれないが、紲には人間並の自我がある。懸命《けんめい》に生きてきた自負もある。心ある一人の人間だということを、ルイにだけは忘れられたくなかった。

「すまない、考えごとをしていた。それに、どうにも情けなくて合わせる顔がなかったのだ」

「……情けない？」

「強者に阿《おもね》る姿を恋人に見せたい男はいないだろう？　お前にだけはあのようにみっともないところは見せたくなかった」

ルイは手を握るだけでは物足りないとばかりに、肩を抱いてくる。

それによって再び顔が見えなくなってしまい、「合わせる顔がない」という言葉通り、己を恥じる気持ちが伝わってきた。

「情けないとか、みっともないとか……そんなこと全然思ってないけど、でも……お前が俺の目を意識して、そういうこと考えてくれてたことにホッとしてる」

「――何故だ？」

「うん、なんて言うか……凄く卑屈《ひくつ》になりそうな気分だったから、ちょっと嬉しい」

紲が苦笑しても、ルイにその表情は見えない。けれど気持ちは通じたようで、髪に顎を埋めながら、「私の心が跪くのは、お前だけだ」と囁かれた。

何か言おうと思っても言葉にならず、紲はルイに抱かれるまま寄り添う。

首筋に鼻や唇を近づけて、女王の匂いを排除しながらルイの香りを探った。

あと一日しか一緒にいられないと思うと、どう過ごしたらいいのかわからなくなる。

一分一秒も無駄にせず、一晩中語り明かすべきなのか……それとも体を繋げて愛し合うべきなのか……想像すると、蜜林檎の香りが漏れてしまいそうだった。

――どうやって過ごしたとしても、明日が来れば別れる……それも永遠に……。

半異体悪魔として得た百年の命など要らない。

元々の寿命のままでいいから、約二十年――ルイと一緒に暮らしたかった。彼が女王に呼びつけられるのも、人間の女に種付けをして繁殖活動をするのも、自分は耐えるから……ルイもきっと耐えるから、だからどうかこのまま一緒に居させて欲しかった。

女王は恩情だと言っていたけれど、自分達にとっては引き裂かれることが何よりの罰《ばつ》になる。二度と会えないくらいなら、体を繋いだまま一緒に死にたいとすら思う。遠く離れて無事を祈り合うことが賢明なのはわかっている。それでも、愚かな死を選びたい――。

――俺がルイの香りを再現することにこだわらなければ、こんな状況にはならずに済んだ。

ヴァンピールとしてルイの番になって、千年近く一緒に居ることができたんだ。悪魔の嗅覚を失っても……こうなるよりはずっとよかったはずだ……ルイの香りを感じられなくなっても、俺がルイの愛情を強く信じていればそれで、よかったはずなのに……。

森の中を進む車内で、紲は溢れだす涙を押さえる。

ルイの香りに対する異常なまでの執着と、愛を信じ切れなかった怯懦《きょうだ》な心が招いた別れ……自分には嘆く権利すらないと思ってはいても、涙が止まらなかった。

「──っ、う……っ、ぅ」

別れたくない、絶対に別れたくない──ただひたすらにそう思う。「何をしたら……いったいどうしたら一緒に居させてくれますか⁉　なんでもします、どうかお願いします！」と、今になって心が叫んでいるけれど、女王の前では怖くて何も言えなかった──それが現実なのだ。

何をやってもやらなくても、悔恨ばかりが募っていく。処刑される覚悟で言えばよかった。虫けら同然でも、最後の悪足掻《わるあが》きくらいはできたはずなのに──。

「私が無力なせいで、つらい想いをさせてすまない」

「……う、っ……」

紲はルイに縋りながら自分の口を塞ぎ、嗚咽を漏らさぬよう封じ込める。

自分が泣けば泣くだけ、ルイを責めることになってしまう。「俺が悪い」「私が悪い」と言い合いながら最後の夜を過ごしたくはなかった。どうしても別れなければならない運命なら、何よりも愛の言葉を、ルイの耳に残したいと思う──。

13

スーラ城に到着すると、二人は特に示し合わせることもなく三階の寝室に向かった。

この部屋だけは、完全結界により女王の千里眼からも逃れられる。

大量の血液や魔力と引き換えになるうえ、気を抜くと壊れてしまう結界ではあるが、ルイにとっては唯一のプライベートルームだった。

寝室に入ると、ルイは真っ先にシャワーを浴びると言いだし、紲はソファーに腰かけながら待っていた。女王の匂いを早く落とそうと考えてくれたのは嬉しかったが、二人きりになった途端に独りにされてしまい、紲の気はするすると抜け落ちてしまう。

ルイが出てきたら自分もシャワーを浴びたいと思っているが、そうなるとまたしても別々に時間を過ごすことになる。それを心底勿体ないと感じた。

ルイが同じように思ってくれないことに、内心少し傷ついている。

ソファーからバスルームを見つめる視線は、やや恨《うら》みがましいものになった。

——悪魔としてだけじゃなく人間としても貴族だし、一緒にシャワーを浴びるなんて下品なことは考えもしないんだろうけど……。

紲は庶民《しょみん》の生まれではあるが、そういった感覚がないのは一緒だった。けれど今は、ここに初めて来た夜と同じように緊急を要する状況だと思っている。

明日の夜には別れなければならないのだから、そう考えてもいいはずだ。

せめてもう少し……短い時間でも離れ難いという想いや、一分一秒でも長く一緒に居たいという気持ちを見せて欲しかった。

——俺……どうしちゃったんだろう……なんか、病気みたいだ……。

紲は熱を測るように額を押さえ、以前ルイが言っていた恋煩いという言葉を思い返す。

ルイのことが好きで、今はそれを認めるのも吝《やぶさ》かではないけれど……そのくせ自分の愛情を上回る勢いで愛されていたいと思う。

心のうえでは対等な関係でありたいと望みながらも、彼の執着を自分が上回ってしまうのは怖いのだ。少しでもいいから、ルイの気持ちのほうが大きく力強いものであって欲しい。

——こんなこと考えてるから、駄目なのかな俺は……。

紲はソファーから立ち上がり、吸われるようにバスルームに向かった。

飽きられて愛を失うのを恐れ、逃げてしまったせいで今の状況に陥ったのだ。

悔やむなら、悔やんだ分だけ変わっていかなければならない。ましてや時間がないのだから、自分の殻《から》に閉じ籠もって悩んでいる場合ではなかった。

バスルームの扉を開けて脱衣所に足を踏み入れた紲は、ルイの衣服がランドリーボックスに入っていないことに気づく。そうなると、蓋付《ふたつ》きのトラッシュボックスに入れたということになる。自分への配慮《はいりょ》とも取れるが、女王に対する嫌悪感の表れのようにも感じられた。

硝子張りのドアの向こうは湯気で曇《くも》り、その中にルイの影が薄らと見える。両腕が上がっていて髪を洗っているのだとわかったが、優雅《ゆうが》な彼にしては少し急いでいる感があった。

「ルイ……」

紲は服を脱いでからドアをノックし、少しだけ開ける。

ふわりと流れてくる湯気は、彼が愛用している石鹸《せっけん》と彼自身の匂いに染まっていた。女王の匂いはもう感じられない。愛用の石鹸は紲がクリスマスに贈った自作の品で、ルイの芳香を邪魔しないよう、控えめにローズ・ドゥ・メが香るように作ってあった。

「紲……どうしたのだ？」

振り返った彼は、紲が裸なのに気づいて驚いた顔をする。

紲にはそれすらも心外だった。いくら素直になろうとしても、つい心が毛羽立《けばだ》ってしまう。

「──早く、匂いを落としたくて……我慢できないから、一緒に入ってもいいか？」

少し憮然《ぶぜん》としながら言うと、ルイは「先を譲ればよかったな」などと言いだす。

気を遣ってくれて、優しくて、これが平常時なら何も文句はなかった。十分過ぎる恋人だと思う。しかし今は胸に影が差して晴らしようがない。結局のところ、二人きりになった途端に激しく口づけられ、押し倒されて抱かれることを期待していた気がする。紲にとってはそれが当たり前に思えた。同じように求めてくれないことが、淋しくて切なくて堪らない。

「林檎の香りが……」

「――っ、悪いか？」

紲はシャワーヘッドの下に体を滑らせ、悪態《あくたい》をつくなり全身に湯を浴びた。

勝手に溢れだす誘引の香りなど、全部洗い流してしまいたい。どうせルイには効かない力だ。

悦んでもくれないのなら、無駄に放つ意味がない。

「今ここで、私に抱かれたいのか？」

「！」

背後から問われ、紲は勢いよく振り返った。

今にも涙が零れそうだったが、シャワーに当たっているのでわかりはしないだろう。たとえわかったところで別にいい。もうどうだっていい――。

「そうだな、そうなんだと思う……っ、自然なことだろ？　お前はそれほど匂わせてないな。明日の夜までしかいられないのに余裕があって羨ましい！　俺には、俺には……もう……っ」

情けない涙声に耐えられなくなり、紲はルイの視線を振り切って壁の方を向く。

好きだけれど、顔も見たくない気分だった。あと一日しかないのに、こんな感情に苛まれているることが悲しい。

「紲……っ」

壁に手をつくと膝から崩れてしまい、座り込む寸前にウエストを掬《すく》われた。

シャワーの下で後ろから抱き締められた途端、喘鳴《ぜんめい》に近い声が漏れる。

「――ぅ、う……っ……」

「紲……そのように泣く必要はない。お前が望むなら、満足いくまでお前を抱こう」

望まなければ抱かないのか？　お前は望んでないのか？　そう問いたくても言葉にならず、紲は兆し始めたルイの雄さえ憎々《にくにく》しく思う。本当に病なのだと確信した。ルイを愛することが苦しい……彼を失うことがどうしようもなく苦しくて、気が変になりそうだった。

「……っ、もう……殺してくれ……っ」

首筋に唇を押し当てられながら、紲は心の叫びを声に乗せた。

離れるくらいならそのほうがずっといい――そんな結論が口から飛びだして、自分の言葉に納得する。ルイにほんの少し冷めた態度を取られただけでもガタ崩れになる自分が、これから彼と離れて生きていけるとは思えなかった。別れる前に消えてしまいたい。彼の血肉や匂いになって、永遠に傍に居たい――。

「紲……喰い殺したいほど可愛い……私の恋人……っ」

「――っ、あ……っ、ぅ……」

首筋に吸血鬼の牙が当たり、強い魔力を感じられる。振り返らずとも、ルイが変容したのがわかった。望み通り殺してもらえるのかと思うと、昂揚感《こうようかん》と一緒に恐怖心もやってくる。

頭の中に黄金の天秤《てんびん》が現われて、感情が二手に分かれてゆらゆらと重みを変えていた。

当たり前の恐怖心が大きくなると身が強張るが、昂揚感が高まると力が抜ける。

「ん……っ、ぅ……」

シャワーの音と湯気の中で、後ろから胸と性器に触れられた。

双丘の膨らみの間に屹立《きつりつ》を挟むように当てられ、擦り上げられる。

同じ動きで自分の物も扱《しご》かれると、ルイが感じている快楽に添うことができた。

「は……っ、あ……ルイ……ッ、あ……！」

密着するルイの体は湯温に染まり、普段は冷たい肌が自分よりも温かく感じられる。

大きな掌《てのひら》と長い指を使って屹立を握り込まれ、根元から先端まで強弱をつけて愛撫《あいぶ》された。

浮き上がってくる血管に指を引っかけるようにして、裏筋や鈴口を集中的に弄《まさぐ》られる。

種族的な性質上、男に触れられてもそこから零れる蜜は少ないものの、それでもシャワーの湯とは粘《ねば》り気の違う物がルイの指に絡んでいた。

「……んっ、う……んっ、ぁ……」

「――ッ」

紲はタイルの壁に身を寄せながら、背中を少しずつ反《そ》らす。

腰を持ち上げると、ルイが身じろぐのがわかった。

これまで双丘の間に屹立を挟んでいた彼は、それを紲の脚の間へと移す。吊《つ》り下がる双玉をやんわりと潰すように経由して、紲の昂りの裏側に自分の物を当てた。二本纏めて握るなり、腰を揺らし始める。

「はっ、あ……あ、あ……っ」

耳を齧《かじ》られ、そこから何度も首筋にキスをされた。鋭い牙も当たる。

早く咬んで狂わせて欲しい……喰い殺されたい――そう願っているのにルイの牙は肌を滑るばかりで、皮膚を切り裂いてはくれなかった。唇は頸動脈《けいどうみゃく》の上に密着し、皮膚だけを吸う。

「――はっ、ふ、あ……咬んで……っ」

咬んでくれ、何もわからなくなるくらい。この体を捨てて、魂ごとお前の中に吸い込まれてしまいたい――願っても願っても、振り返って懇願《こんがん》してみても無駄だった。

内出血を負わされるばかりで、血を抜き取られることはない。

「あ、あぁ……っ！」

紲は壁に手をついたまま、擦られる雄に気を持っていかれる。

ルイの指だけではなく、硬く脈打つ物で愛撫される快感は、心にも悦びを与えてくれた。

薔薇の香気も高まって、バスルームの中は淫らな匂いで満ちていく。愛と欲望を語る悪魔の香りに、淫蜜が一気に駆け抜けた。

「んっ、ぅ……」

「――ッ」

まだろくに触れられていない後孔から蜜が滴り、脚の間にあるルイの屹立を濡らす。

ルイが動く度に音が粘質になっていき、ヌチュヌチュと卑猥《ひわい》な音が響き渡った。

反響で余計にいやらしくなり、その浅ましさが劣情《れつじょう》をさらに加速させる。

「ル、イ……ッ、もぅ……早く……っ、挿れ、て……っ」

「紲……っ、まだだ……まだ、十分に愛していない……」

「や、あ……っ！」

ルイの手で纏められていた二つの屹立が離れ、ルイの物が腰ごとずるりと引いていく。

手だけが残り、屹立はそのまま戻ってこなかった。

後孔に突き立てられるとばかり期待していた紲は、何が起きているのかわからずに下を向き、脇《わき》の間から後ろの状況を見る。

「あっ、ぅ、あ……！」

ルイが床に跪いているのが見え、紲は驚くと共に思いがけない愛撫を受けた。

奮《ふる》い立つ物を片手で扱かれながら双肉を分けられ、後孔にキスをされる。

跪いた姿勢で何度も何度もそうされて、淫蜜を舌で舐め取られた。

「紲……っ、紲……」

——ルイが……バスルームの床に、全裸で……こんな……。

紲はタイルに張りつくように上体を寄せ、求められるまま腰を上げた。

求められていないと感じて不満を抱いたのはなんだったのかと思うほど、ルイの舌が自分の恥ずかしい所を弄ってくる。指も絶えず動いて、括《くび》れを入念に刺激しながら鈴口をトントンと何度か叩いた。ノックされるとすぐに開きそうになる小さな口が、彼の指を濡らしているのがわかる。

「は、あ……あ、あ……っ、ルイ……ッ」

「――ッ、ン……」

媚肉の中にルイの舌が入ってきて、内壁を突くように蠢いた。

牙は短めになっているものの、張り詰めた双丘のカーブに当たって時折食い込む。

「……はっ、あ……ぁ、もう……イッ……ク……ッ」

ぶるっと震えが走り、紲は瞬《また》く間に絶頂を駆け上る。

ところが完全に到達する寸前、いきなり手を離されてしまった。

感覚的には達したものの……途中で止められ、濁った蜜が一滴落ちる。

「や……あっ、あ……ルイ……ッ」

「――っ、余裕があるなどと誤解されては困る」

「……ル、イ……ッ……あ……っ」

ルイは後孔に挿入していた舌を抜くと、唇を紲の体に這《は》わせながら身を起こした。

尻臀に、腰に、背中に……そして肩甲骨《けんこうこつ》の尖りを甘嚙《あまが》みし、舌先でうなじを舐める。

一際硬くなった雄が後孔に当たって、紲は涙目になりながら振り返った。

達きかけの欲望に手を伸ばすと、すぐに手首を摑まれて壁に縫《ぬ》い止められる。

「ルイ……ッ、苦し……ぃ……っ、触って……」

「私が何を言っても、お前は心底私を信じてはくれないのか？　約束したことを、もう忘れてしまったのか？」

「何……言って……っ」

射精を中断された体がひくついて、ルイの言葉を冷静に分析できなかった。

後孔にはずっしりと重たい雄を当てられているものの挿入してはもらえず……自身のいきり勃った物も、壁に向かって淋しく反り返っている。

「ルイ……ッ、早く……っ」

「お前を抱きたくなかったわけではない。ただ、今はあまり時間がないのだ。じっくりと睦《むつ》み合うのは、あとの愉しみにしておきたかっただけのこと……」

「ん……っ、あ……ふぁ……」

後ろから首筋を舐められ、かちかちに凝固《ぎょうこ》した乳首を摘まれる。紙縒《こよ》りを練るように強く扱かれると、魚の口さながらに開いた鈴口が蜜をトプッと吐きだした。

体中の神経が繫がっていて、どこを触られても快感に変わる。特に感じる所を弄られると、腰が揺れてしまった。双丘の狭間《はざま》にある猛々《たけだけ》しい雄に向かって、紲は自ら尻を擦りつける。

「ルイ……ッ……して……苦し、ぃ……っ」

「紲……っ」

緩《ゆる》やかに上下していたルイの雄が、ようやく窄まりを拡張し始めた。

人間時の紲のそこは、悪魔化している時ほど柔らかくは開かない。

それだけに著大な昂りをより明瞭に感じられた。

「ひっ、ぅ……ん、ん──っ！」

「……ッ、ゥ……」

湯のおかげで熱っぽさも加わって、ルイの情熱が伝わってくる。

血の滾る肉塊の形に媚肉を拡げられ、ズンッ！　と重たく腰を突かれた。

声にならない悲鳴が咳《せき》のように喉から飛びだし、反らした背中は腰骨ごと軋みだす。

「……やっ、あ……あ、あ、っ……あ──っ！」

張りだした肉笠が体内を引っかき回し、淫蜜を奥まで押し込んでは掻きだしていく。

内腿《うちもも》に滔々《とうとう》と蜜が伝って、それが膝に到達すると摑まれていた両手を解放された。

しかしルイの突きが激し過ぎるため、自慰《じい》のために壁から手を下ろすことなどできない。

「んっ、ん……う──っ！」

紲はタイルの壁に両手をついた姿勢で、角度を変えながら何度も何度も貫かれた。

肉孔に対して大き過ぎる物がみっちりと埋まり、卑猥な音を立てて抽挿《ちゅうそう》を繰り返している。

内臓ごと引きずりだされそうな勢いだったが、突かれる時の悦びも、去られる時の切なさも、紲はすべてを捉えていた。目まぐるしく揺さぶられながら、ルイとの情交を味わい尽くす。

「あ、あ……っ……う、あぁ……っ！」

「――ッ……！」

穿《うが》たれて引き抜かれて、緩急《かんきゅう》をつけながら過敏な肉を甚振《いたぶ》るように愛された。

仰け反る度に過敏な肉がきゅうきゅうと締まって、ルイの形をより強く感じられる。

締めつけられる彼も小さく呻き、より乱れていく呼吸はえも言われぬ艶を帯びていった。

「……ルイ、ルイ……！」

ルイが何を考えているのか、紲にはまだわからない。

わからないけれど……今は繋がった体と立ち上る香りに溺れていたかった。

一つのままでいたい。できることならこのまま咬まれて、喰い殺されてしまいたい。

それが自分にとっての最高の結末だと思えてならなかった。

「ふあ、ぁ……ルイ……ルイッ、俺を……殺して……」

「――っ、殺さない……死ぬ気で、私について来てくれ……っ」

お前と離れるくらいなら死んでしまいたい――そう思って切望すると、思いがけない言葉に耳を打たれる。紲は穿たれながらも首だけを後ろに向け、それに応じて顔を寄せてきたルイと、至近距離で目を見合わせた。

「たとえ何が起きようと、女王が如何なる裁定を下そうと必ず傍に居る――私はそう約束したはずだ。忘れないでくれ……っ」

「ル、イ……ん……く、ぅっ！」

唇を塞がれて、腰を強く叩きつけられる。奥まで挿入してからさらに、脚の力を使ってじりじりと最奥を責められた。尾てい骨が痛くなる限界まで捩じ込まれ、体の中がルイで満ちる。はち切れそうなほど突き上げられながら、口内にも舌を入れられた。

自分からも貪《むさぼ》るとルイの牙に彼の舌を押し当てる形になり、軽い裂傷を負わせてしまう。

「は……っ、く……ふ……っ、ぅ……！」

「――ッ、ン……！」

ルイの血の味が味蕾《みらい》に沁みた。

脳裏に真紅のイメージが湧き、薔薇の香りがより一層鮮烈《いっそうせんれつ》なものに感じられる。

何をどうする気なのかわからないが、ルイは別れるつもりなんてなかった。

この香りを失うこともなく、自分は彼と一緒に居られるらしい――。

「ルイ……ッ！」

「――紲……っ」

唇を解放された紲は、人ならざる力で抱き上げられた。一部だけ繋がったまま、宙で体勢を変えられる。膝を折り曲げてルイの胸を脛《すね》で撫でながら、ぐるりと動いて向き合った。

温まったタイルの壁に背中をつき、浮かされた姿勢で突き上げられる。

紲の体重がルイの下腹にかかって、これ以上は考えられないほど深く繋がった。

「うああ……っ、あ、あ、あ——っ！」

「——ッ、ハ……ッ……ゥ……ッ……」

ルイの首や肩にしがみつきながら、紲は感極《かんきわ》まって変容する。

生えてきた黒い尾を自身の雄に絡ませて、根元から括れまでを締め上げた。

ルイの手で上下に舞わされながら、二つの体に挟まれた物を同じリズムで刺激する。白濁《はくだく》の混じる蜜を滴らせる鈴口に、尖らせた尾の尖端《せんたん》をツプッと挿入した。

精管を内側から拡張しつつ穿《ほじく》ると、官能的な痛みが走る。体の底から劣情が込み上げてきて、尾を抜いたらすぐにでも達ってしまいそうだった。

「んあ……っ、あ……ルイ……俺と……一緒に、ずっと……？」

「ああ、当然だろう……っ、できることなら女王の許しを得て……平穏に……っ、暮らして、いきたいと思った……だがそれは、最善ではあるが……絶対ではない……っ！」

「あああぁっ、あ、あ……！」

ルイの両手で軽々と持ち上げられては落とされ、紲は涙を迸《ほとばし》らせる。

濡れた黒髪に顔を摺り寄せながら、媚肉でも腕でもルイを力いっぱい拘束《こうそく》した。

死ぬ気でついて来いと言ってくれた。もうそれだけでいい。地獄の底までついて行く——。

「……ルイ、一緒……に……！」

「今の話か？　それとも……っ、永遠の約束か？」

抱え上げられて顔を離された紲は、真下から見上げられる。

情交によって艶めいた表情をしながらも、彼は笑っていた。

何もかも振り切って、清々《すがすが》しいとすら思える顔をしている。

「……両方……っ、今も……これからもずっと……一緒に……っ」

「ああ、何度でも約束しよう……教会など知ったことではない、あの女も関係ない！　私達は永遠の番だ……っ、愛している……お前を愛している……！」

「──俺、も……っ」

ルイに釣《つ》られた紲は泣き笑いし、涙粒を飛ばしながら一際高く浮かされた。

大きく広げた脚の間を、裂くように貫かれる。一気に引き落とされたかと思うとすぐにまた浮かされ、激し過ぎる突き上げに尾を動かすのも忘れてしまった。焼けた鉄杭《てっくい》のようにそそり立つ肉棒で滅茶苦茶に攪拌《かくはん》されて、坩堝《るつぼ》になった秘洞が蕩《とろ》けていく。

「紲……っ、紲……！」

「はふっ、あ……ルイッ……イッ……イ、ク……ッ……！」

「──紲……っ、これで自由だ……っ、誰にも……邪魔はさせない……っ！」

「ふあああ……あ、あああ──っ!!」

尾の尖端を抜くまでもなく、込み上げる物に吹き飛ばされる。

紲の吐精を胸に浴びながら、ルイはまだ笑っていた。どこか狂気染みた笑みにも見える。

「ふあ……ぁっ、来て、る……お前のが……いっぱい……っ、俺の……俺のルイ……ッ」

「――ッ……ゥ……ッ！」

ドクドクと、体の中にルイの精を注ぎ込まれた。

甘やかな苦しさを帯びた笑みを交わして、紲はルイの頭を掻《か》き抱《いだ》く。

「……ッ、ルイ……一緒に、行くから……っ、どこまでも……」

今夜、自分はもう死んだのだ。女王ではなく彼に殺されて死んだ。

ヴァンピールとして蘇ることはできないけれど、当初の予定通り、次に死ぬまでルイと共に生きていく。

教会に認められなくてもいい、番でなくてもいい――愛しい彼の一部のように、当たり前に傍に居たい。

「紲……っ、私達は永遠に一緒だ……」

ホーネット教会と女王を裏切るのがどういうことか、ルイはよくわかっているはずだった。

先にあるのは絶望かもしれない、恐怖かもしれない。けれど今のルイは、これまでのどんな時よりも頼もしく見える。力強く、途方もなく美しかった――。

エピローグ

濡れ髪も乾かぬうちにスーラ城を後にしたルイは、紲と虜四名を連れて、マッターホルンを越える。チェルビニアから小型のロープウェーを二台乗り継ぎ、そこからさらに、貸し切った大型のゴンドラで標高三四八〇メートルのプラトー・ローザに向かった。

「こんな大きなゴンドラは初めてかもしれない……凄いな、山に吸い込まれそうだ」

六人で乗るには大き過ぎるゴンドラから、紲は夜の雪山を見下ろしている。

景勝《けいしょう》の地は真っ白に覆い尽くされ、視認できない終着地に向かってケーブルが延びていた。山は不気味なほど静まり返り、ゴンドラが軋む音しか聞こえてこない。動力部のない搬器《はんき》は音も小さいため、隣に立つ紲の心音まで聞こえてきそうだった。

「到着したらスイスなのか？」

「ああ、国境線がある」

「あ……何かで見た気がする。駅の中に黄色いラインが引いてあるんだろ？」

紲は窓の前に立ち、手袋をした両手を硝子に張りつけている。

ルイが用意していた毛皮のコートを着ていたが、それでも薄らと白い息を吐いていた。

「寒いのか？　終着地で休めるからあと少しだけ我慢してくれ。そこで待つ虜と合流したら、すぐに暖を取ろう」

「そんなに寒くないから平気だ」

紲は明るい声で答え、雪と闇の絶景から目を離した。

爽《さわ》やかな表情で見上げてきて、視線が合うと少し笑う。

日本的に言うなら、憑《つ》き物が落ちた顔——と表現するのが正しい気がした。

「虜と合流して……それからどうするんだ？」

「まずプラトー・ローザに八人、ツェルマットにも八人待たせている。合流したら鉄道を使い、プライベートバンクに向かう予定だ」

「……スイス銀行ってやつか？」

「そういうことだ」

「なんか、凄いな」

ルイはロシアンセーブルのファーコートと、薄い色のついたサングラスを身に着けていたが、サングラスを一時的に外す。裸眼《らがん》で紲の顔を見つめながら、肩をそっと抱いた。

「逃亡が発覚すれば、教会から与えられているすべての戸籍《こせき》が使えなくなる。だが、戸籍など自分で買えば済む話だ。大概《たいがい》のことは金で片づく」

「スイス銀行に……金を取りに行くってことか？」

「ああ、現金はもちろん有価証券やインゴットバー、貴石《きせき》のルースや美術品も多数預けてある。教会がスーラ一族の資産を差し押さえても、これらはどうにもできない。私の隠し財産だ」

「……そのために、虜をたくさん？」

「荷物持ちが必要だからな。身の回りの世話をする者も。それに何より……虜がいないと私の食餌《しょくじ》が儘《まま》ならない。いちいち人間を襲っていては面倒だ」

「あ、そうか……」

紲は少しだけ表情を曇《くも》らせたが、すぐに納得した様子で頷いた。

吸血種族は代用食では生きていけないため、ルイは常に餌《えさ》のことを念頭に置かなければならない。冷凍した保存血液では賄《まかな》えないうえに、毎日大量の生き血が必要になるのだ。

造血能力の高いヴァンピールを持てば楽になるが、紲がヴァンピールになれなくなった以上、何人もの虜を連れ歩いて一人から少しずつ吸うしかなかった。

「いつから、そういう準備をしてたんだ？　隠し財産とか……」

ゴンドラが風に揺れたため、紲は手摺《てすり》を摑んで首を傾げる。

愛しい恋人は、そんな仕草をすると愛くるしいリスのように見えた。日本人としては十分な体格を持っているにもかかわらず、ルイの目には愛らしく映ってならない。

餌の虜は除外して、こうして二人きりでホーネット教会を裏切って旅をするのかと思うと、興奮で胸が弾《はじ》けそうだった。

「逃亡準備をしたのは、お前と出会ってから……と言いたいところだが、実際にはだいぶ以前からだ。いつかあの女から逃げたいと思っていた」

「ルイ……」

「一族を背負う者として、許されないことはわかっていたが……いざとなったら逃げられると思うだけで、気持ちが少し軽くなった」

　これまで我慢して閉じ込めてきた苦痛を、ルイは今初めて露わにする。

　憑き物が落ちたのは自分も同じだった。

　代々受け継がれてきた一族を守るべく、余計なことを考えないよう努めて生きた日々を思い返すと、何もかもが馬鹿らしくなってくる。

　跡取り息子に選ばれたことを宿命として受け入れて、スーラ一族の主として相応しい言動を心掛けてきた。与えられた立場と外見に見合うよう自分を捻じ曲げ、枠に嵌め、常に息苦しい思いを――。

「紺……蒼真から、私の子供の頃の話を聞いたことはあるか？」

「――えっ？」

　ルイの問いかけに、紺は少し驚いたような顔をして、それから首を横に振った。

　そのうえで、「幼馴染《おさななじみ》とは聞いてたけど……そんなに子供の頃から知り合いだったのか？」と訊いてくる。

「貴族同士でも、覚醒《かくせい》前は性の転換が起きないからな。蒼真は見識を深めるために父親と共にイタリアに渡り、蒼真だけがスーラ城に預けられた。当時から、中身は今と変わらない」

「そう、なんだ？　なんとなく想像つくけど……」

「正直なことを言うと、その頃の私は蒼真が羨ましくてならなかった。父親の血を飲んで似るまでもなく、性情に関しては元々似ていたのだからな。外見もそれほど遠くはなかった」

ルイがそこまで言うと、紲は「お前は？」と訊いてくる。

甚《いた》く興味がありそうな表情に、ふと笑いが込み上げてきた。思いだすのを避けていた過去のはずなのに、振り切った今となってはおかしくてならない。

「女王の直系は別として、混血悪魔は人間の母親に似た姿で生まれてくるものだ。私は金髪と翡翠色《ひすいいろ》の瞳の……天使像のような姿をしていた」

「え……？」

「そのまま育っていたらどのような姿になっていたのか知る由もないが、性情も母親に似て、どちらかと言えば内向的で本ばかり読んでいる子供だった。真面目で、親や教師に逆らうことなどなかったと記憶している。対して蒼真は……度を越したマイペースというか、あまりにも自由気ままでやりたい放題。それにすぐ行方不明になって……私は散々振り回された」

ルイが昔の姿を語ってからずっと口を半開きにしていた紲は、蒼真の話に表情を和《やわ》らげる。

もっと聞きたがっている顔をして、今にも「それで？」と食いついてきそうだった。

「貴族になる子供は毎日父親の血を飲み、魔力を受け継ぐことで変わっていく。第二次性徴を迎える頃には今の姿に近い少年に育ち、十八の頃には今とまったく同じ姿に……」

「――っ、十八で⁉」

紲は素っ頓狂《すっとんきょう》な声を出し、目を剝いて凝視してきた。何が言いたいのかは顔に出ている。

「貴族は成長が早いからだ。覚醒後すぐに……先代が生きていようといまいと一族のトップに立たねばならない都合で、そこから数年で成長し切ってしまう」

「び、びっくり……した。お前の見た目、十八には見えないから……」

紲は胸を撫で下ろしながら苦笑したが、その数秒後には眉根《まゆね》を寄せた。

神妙《しんみょう》な顔つきで見上げてきて、何度か瞬きしながらその度に視線を彷徨わせる。

つい笑ってしまったことを悔やむように、一度は緩んだ口元に手袋の先を寄せた。

「……ごめん……考えてみたら、大変そうだな……それ……」

「そう思うか？」

「思う……要するに……生まれた時とはかなり違う姿に育てられたうえに、十二歳くらいから急に年を取るってことだろ？　十八の時には……見た目だけ一気に三十近くまで。それって、気持ちが外見について行けなくて戸惑《とまど》うんじゃないか？」

紲の推測は完璧に当たっていて、ルイは黙って頷く。声を出して「その通りだ」と言おうとしたが、積年の想いが邪魔して唇が動かせなかった。

生まれながらに特別だったわけではなく、ただ単に正妻の息子というだけで跡取りに選ばれ、父親の複製のような姿にされた。それも実年齢に合わないほど早く外見ばかり成長させられ、伝統あるスーラ一族の主らしくあることを強要されてきたのだ。

繁殖のために吐き気がするほど嫌悪する行為を繰り返し、さらに女王の愛人という不本意な立場を押しつけられ、心に合わない体を操って耐えてきた――。

「お前と一緒に居ると、私は時に見苦しいほど乱れてしまうが、それこそが自分らしく本気で生きている証なのだと思っている。お前に好まれる匂いを持つこの体を……心から受け入れることができるようになった」

ルイは手袋を着けていない素のままの両手を見下ろして、三百年以上の時をかけてようやくぴたりと嵌った感触を味わう。

「戸惑うことも違和感を覚えることもない。これは確かに、私の物なのだと感じられる」

おもむろに口にすると、真横の紲が左手の手袋を外した。指輪を嵌めた手を掌に乗せてきて、温もりを与えてくれる。

「お前の物に決まってるじゃないか。先代と奥さんとの間に生まれた時点で、お前はその姿になる宿命を背負ってたってことだろ？　生まれた時に違う姿だったのは悪魔の生態上の都合で、本来の姿は今の物なんだと思う。だから、ちゃんと合ってる。凄く合ってる」

紲は静かに微笑みながら、肩に顔を寄せてきた。

スンッと鼻を鳴らして匂いを嗅ぎ、しばらくしてから、「高貴な香りがする」と呟く。

「本当の意味で、お前は気高くて……だから、誰よりもこの香りに相応しいと思う」

「紲……」

「悲しい薔薇の宿命を背負っても……お前だけは潰されない」

天才的な調香師でもある恋人の言葉を、ルイは胸に刻みつける。

スーラ一族の主でもなく、女王が愛した祖先の複製でもなく――自由に、自分らしく生きていきたいと思った。それにより人生の幕《まく》が早く閉じることになろうとも、紲と共に駆け抜けるなら構わない。命よりも大切なものを紡《つむ》いでいくと、二人で決めたのだ。

「私について来てくれたこと、心より感謝している」

「感謝なんてしなくていい。俺としては、望み以上だから……」

紲は肩から顔を上げて答えるものの、はにかんだように俯《うつむ》く。

丁度ゴンドラが終着地まで昇り切るところで、ケーブルの先にあるプラトー・ローザから動力装置の音が聞こえてきた。

「……もう着くんだな」

「少し休んで体を十分に温めてから次に進もう。貴族が近づいてくれば私のほうが先にわかる。お前は安心して過ごしていればいい」

「ありがとう……あ、そうだ……蒼真には連絡しないと。無駄足になると悪いし」

紲は照れ隠し半分といった様子で、ポケットには入っていない携帯電話を探る仕草を見せる。

そんな物を持っていると所在地を探られてしまうため、城に置いてこさせた。最低限必要な荷物は虜に預けてあるが、お互いに失った物は少なくない。

「蒼真への連絡は不要だ。逃亡《とうぼう》した私達が連絡をつけると、巻き込んでしまうだろう?」

「あ、そうか……そうだよな……」

「女王の命令に従って蒼真はイタリアまで来るはずだが、お前を迎えるためではなく、謀叛の意がないことを示すためのポーズだ。無駄足になることは予めわかっている」

「――っ」

ルイの言葉を紲は追及しなかったが、目を見開いて続きを求めてくる。

何を考えているのか以前よりも通じ合えることを喜ばしく思いながら、ルイは紲の体を抱き寄せた。

「ルイ……?」

「女王に引き裂かれそうになった時は、紲を説得して必ず逃亡するからそのつもりでいろと、日本を出る前に宣言しておいたのだ」

抱き締めながら語りかけると、紲は背中に腕を回しつつも顔だけは引く。

笑顔になり切らない微妙な表情で、「蒼真はなんて?」と訊いてきた。

「『紲が何を言っても、無視して攫《さら》ってやってくれ』とだけ――」

蒼真の言葉をそのまま伝えると、紲は花開くように笑う。

今は淫毒の香りを飛ばしてはいなかったが、白い花の幻影が見えるようだった。

ゴンドラのドアが開いて雪面を駆け抜ける風が流れ込んできても、その花は散らない。

「紲……貴族の力は代々継承することにより蓄積されていくものだ。私は新貴族に負けたりはしない。常に先手を打ち、戦えば必ず勝つ」

ルイは紲の手を取って、標高三四八〇メートルの雪山に下り立つ。

刺客《しかく》として送り込まれるであろう吸血鬼は、雪山を駆け登るようなことは不得手であるため、このルートを選んだ。一部の虜と合流してから麓《ふもと》のツェルマットに向かい、潤沢《じゅんたく》な逃亡資金を手にどこまでも逃げてみせる。

「お前は私が守る――必ず守り抜くから、安心して微笑んでいてくれ」

「なんだか……お前が頼もしく見える」

「それは何よりだ」

「いつも笑っていられるほど陽気なタイプじゃないけど……できるだけそうする。お前の傍に居ることでちゃんと力になれるってことを、信じてる」

紲はルイの手を握ったまま展望台に向かい、雄大なイタリア・アルプスを前に深呼吸する。

それからゆっくりと顔を上げて、「さすがに空気が薄いな」と言って口元を綻《ほころ》ばせた。

紲の寿命が来るまで百年……現実的に考えて、そんなに長く逃げ続けるのは不可能だということくらい紲はわかっている。ルイも当然わかっていた。それでも諦《あきら》めるつもりはない。

ルイには、女王の刺客が近づけば逸早《いちはや》く察知する自信があった。戦闘《せんとう》でも負ける気がしない。

ましてや彼らは女王から、「スーラを生け捕りにしろ」と厳しく命じられているはずであり、
その縛りがルイに勝機を生む。いざとなれば、この体は人質《ひとじち》になるのだ。

後継者《こうけいしゃ》を作って同じ姿を継承し終えない限り、女王は絶対に自分を殺せない。

それはルイにとって確信できることだった。三百年に亘って女王の執着を目の当たりにし、
代々苦しめられてきたのだから——。

——この雪原のように、白く美しくはない……血腥《ちなまぐさ》い旅になる……。

紲のために戦いは極力避けるが、いざとなれば容赦《ようしゃ》する気はなかった。

女王の刺客を何人血祭りに上げようと構わない。離れ離れになるくらいなら限界まで逃げて、
それでも駄目なら死を選ぶ。二人でそう決めたのだ——。

「紲……」

ルイは紲の手を引き寄せ、まだ血の石を嵌めていない指輪を見つめる。

王冠を戴く大雀蜂と十字架——女王を祀《まつ》るホーネット教会の紋章《もんしょう》が、黄金で象《かたど》られている。

「指輪なら他にいくらでもあるが、まだこれにこだわるのか？　これは教会の物だ」

「世話になってきた教会を裏切ることも含めて、全部が忘れてはいけないものだからいいんだ。

お前が見るのも嫌だって言うならケースに入れておくけど」

「そのほうが遥かに嫌だ。左手の薬指に嵌めておいてくれ。落ち着いたら血を固めよう」

紲は「ああ……」と短く返事をして手袋を出し、指輪ごと左手を覆った。

強情《ごうじょう》なところは相変わらずだったが、覚悟を決めた瞳はきらきらと輝いて見える。

今の自分が紲の目に頼もしく見えるというなら、今の紲は自分の目に飛び切り美しく見えた。

何かにたとえることなどできない、眩《まばゆ》い輝きを放っている。

「紲、国境を越えよう。そこから先はスイスだ」

黄色いラインを見据えたルイは、紲の手を厳《おごそ》かに引いた。

足下のラインは壁に繋がり、左手にはイタリア、右手にはスイスがある。

薄い灰色のコンクリートに書かれた掠れた線が、今は世界の境目に感じられた。

ここを越えたからといって事態が好転するわけではないが、二人の絆《きずな》がより強固なものへと生まれ変わる気がする。

「これってなんだか、スタートラインみたいだな」

紲は笑い、ルイも笑った。

舞い上がる雪煙《ゆきけむり》で、先など見えない。それでも二人で歩けるなら本望だった。

同時に靴底を浮かせ、スタートラインを越える。新しい世界に踏みだす瞬間、手と手を引き寄せ合ってキスをした──。

あとがき

初めまして、またはこんにちは、犬飼《いぬかい》ののと申します。

前作『砕《くだ》け散《ち》る薔薇《ばら》の宿命《しゅくめい》』のあとがきで、「頭の中には続きがあります」と書きましたが、応援してくださった皆様のおかげで、こうして続きを出していただくことができました。

思い入れの強い吸血鬼物で念願が叶って、本当に嬉しく、ありがたく思っています。

今後の展開としてモフモフ蒼真《そうま》の相手なども用意しておりますので、さらに続けられるようご支援いただければ幸いです（蒼真を受け攻めどちらにするか迷いますが……）。

余談ですが、この本の取材がてら『のぞいてみようハチの世界・大阪市立自然史博物館』に行ってきました。女王を中心とした階級制度はもちろん、統率や集合のためのフェロモンや、女王蜂の性別産み分け、寄生蜂の生態など、興味が尽きないものばかりで楽しかったです。


最後になりましたが、本書をお手に取っていただきありがとうございました。

前作の後に続編を希望してくださった皆様には、重ね重ね御礼申し上げます。

そして國沢智《くにさわとも》先生、物凄く大変な時に、魂の籠もったイラストをつけていただきありがとうございました。担当様、今回も伸び伸びと書かせていただき、心より感謝しております。

どうかまた、ラヴァーズ文庫さんで再会できますように――。

Lovers Label

乱れ咲く薔薇の宿命

ラヴァーズ文庫をお買い上げいただきありがとうございます。
この作品を読んでのご意見・ご感想をお聞かせください。
あて先は下記の通りです。

〒102－0072
東京都千代田区飯田橋2-7-3
(株)竹書房 ラヴァーズ文庫編集部
犬飼のの先生係
國沢 智先生係

2012年10月2日
初版第1刷発行

●著 者
犬飼のの ©NONO INUKAI
●イラスト
國沢 智 ©TOMO KUNISAWA

●発行者 伊藤明博
●発行所 株式会社 竹書房
〒102－0072
東京都千代田区飯田橋2-7-3
電話 03(3264)1576(代表)
03(3234)6246(編集部)
振替 00170-2-179210
●ホームページ
http://www.takeshobo.co.jp

●印刷所 株式会社テンプリント
●本文デザイン Creative·Sano·Japan

ISBN 978-4-8124-9098-3 C 0193

ラヴァーズ文庫
Lovers Label
堕楽の島
DARAKU NO SHIMA
~狂《きょう》犬《けん》と野《や》獣《じゅう》~
「壊れててもいい。俺の傍にいろ」
「あんたを信じられない」。
テロに巻き込まれて負傷した靫真通《ゆぎまさみち》を陵辱し、
そう言葉を残して消息を絶った峯上周《ほうじょうあまね》。
峯上は暴力団藜組《あかざぐみ》の若き幹部で、公安警察官・靫の
協力者であり、最高のパートナー…のはずだった。
靫は焦燥感と失意のなかで、マークしている
テロ組織に峯上がいることを突き止める。
だが、峯上はテロリスト・櫟《いちい》に取り込まれていて、
靫の存在すらどうでもいい様子だった。
「愛を失うのは苦しいね?」。
破壊されたふたりの絆は取り戻せるのか!?
野獣と狂犬の共闘、その最終決戦の行方は――!?
好評発売中!!
著 沙《さ》野《の》風《ふ》結《ゆ》子《こ》
画 小《お》山《やま》田《だ》あみ